木戸の闇仕掛け

大江戸番太郎事件帳 十七

特選時代小説

喜安幸夫

廣済堂文庫

目次

四ッ谷絵図
永井肥前守
永井若狭守
森川出羽守
北町
陽光寺
永信寺
毘沙門天
岡部土佐守
正覚寺
長安寺
お岩稲荷
安部摂津守
妙行寺
南伊賀町
日宗寺
忍原横丁
円通寺
四ッ谷左門町
右馬横丁
長善寺（笹寺）
四ッ谷左門町木戸
塩町三丁目
塩町二丁目
四ッ谷伝馬町三丁目
四ッ谷忍町
四ッ谷忍町
塩町二丁目
塩町三丁目
四ッ谷伝馬町三丁目
麦ヤ横丁
水番屋
玉川上水
内藤駿河守
玉川上水
甲州街道
大木戸
田安中納言
理性寺
内藤新宿
真福寺
永昌寺
安全寺
尼寺
知光院
正應寺
龍昌寺
法雲寺
渾雲寺
全勝寺
全徳寺
松平摂津守
自證院門前町
自證院（コブ寺）
西迎寺
養国寺
全長寺
門前町
道林寺
修行寺
合羽坂
板倉周防守
市ヶ谷谷町
安養寺
米倉丹後守
市ヶ谷片町
東京湾
品川
山手線
渋谷
新宿
東京
四ッ谷
中央線
上野
池袋
N

龍谷寺
御駕籠町
円応寺
表町
北町
谷町
宗福寺
南寺町
勝興寺
戒行寺
鮫ヶ橋
西念寺
鮫ヶ橋谷町
真成院
安楽寺
松平佐渡守
仲町
南
東
西
北
伊賀町
伊賀町
四ッ谷御門
四ッ谷伝馬町一丁目
四ッ谷伝馬町新一丁目
伊賀町
麹町十三丁目
麹町十一丁目
大横丁
麹町十二丁目
麹町十三丁目
四ッ谷伝馬町二丁目
竹町
御箪笥町
四ッ谷伝馬町二丁目
麹町十一丁目
御箪笥町
福寿院
伊賀町
伊賀町
御堀
四ッ谷塩町一丁目
伊賀町
四ッ谷塩町一丁目
十三丁目横丁
了覚寺
四ッ谷坂町
四ッ谷坂町
法光寺
市ヶ谷本村町
市ヶ谷本村町
市ヶ谷本村町
尾張徳川家上屋敷
市ヶ谷八幡町
市ヶ谷八幡宮
木戸
自身番
一丁＝約109メートル
一丁
五丁

この作品は廣済堂文庫のために書下ろされました。

街道の鮎騒動

一

街道に土ぼこりが舞い上がり、

「あらら」

左門町《さもんちょう》の木戸の前を通りかかった町娘が、めくれそうになった裾《すそ》を慌《あわ》てて押さえた。

天保五年（一八三四）卯月《うづき》（四月）、吹いている風はもう夏の気配だ。

「杢《もく》のおじちゃーん」

手習いを終えた太一が、木戸番小屋の狭い三和土《たたき》に跳び込んできた。昼八ツ（午後二時）をすこし過ぎた時分である。声を聞いただけで、五十代なかばで髷《まげ》もゴマ塩まじりの杢之助《もくのすけ》は、すり切れ畳の上で目を細めた。四ツ谷左門町の木戸番小屋を預かっている木戸番人にとって、太一の元気な声を聞くのは一日のうちで最も心なごむ瞬間である。

「おうおう、きな粉もちになったか。頭までほこりをかぶって」

「こんなの、平気さ。じゃあ、また手伝ってくらあ」

今年十一歳になる、木戸番小屋奥の長屋の子供だ。帰ってくれば手習い道具を番小屋のすり切れ畳に放り置くなりすぐまた飛び出し、街道おもての居酒屋に駈け込むのが日課になっている。以前は洗い場だけだったが、最近では菜切《なき》りもさせてもらっている。母親のおミネがそこで働いており、だから〝手伝ってくらあ〟なのだ。ところがきょうは、手習い道具をすり切れ畳の隅に投げ置くと、

「これ、あとでみんなで食べようよ」

ふところから大きな煎餅《せんべい》を二枚取り出した。見ると、子供の顔ほどもある魚の形をした、内藤新宿の鮎《あゆ》問屋・蔦屋《つたや》が売り出して評判になっている鮒形《ふながた》煎餅だ。干物《ひもの》にした鮒や鮎や川エビをすりつぶして粉にしたものをふんだんに使った高級品で、子供が無造作にふところから出してくるようなものではない。

「おっ、どうしたい。こりゃあ宿《しゅく》の蔦屋じゃないか。二枚も」

当然、訊《き》いた。

「ふふふ、すごいだろう」

太一は鮒形二枚を両手に持って差し示し、三和土に立ったまま自慢げに話しはじめた。手習いの終わるころ、蔦屋のあるじが丁稚《でっち》に風呂敷包みを持たせ、手習い処に来たらしい。そのときの手土産《てみやげ》が鮒形煎餅で、それも手習い子全員に行きわたるように数をととのえていた。太一が自慢するのは、一枚もらって部屋を出ようとするのを師匠の榊原真吾《さかきばらしんご》が呼びとめ、

「――おまえはいつも母者の仕事を手伝って感心だ。もう一枚持っていけ」

と、他の仲間より余分にくれたことだった。

「ほーう」

杢之助はまた目を細めた。

「じゃあ、手伝ってくらあ。帰るまでここに置いといてよ」

太一はくるりと背を向け、敷居を跳び越えると振り返り、

「松おじさんと竹おじさんにも一枚ネ」

言うと街道のほうへ走っていった。手伝っている居酒屋は左門町の木戸を街道に出て、右手の東方向へ一軒目だから、店の建物が九尺二間の木戸番小屋とは背中合わせになっている。

「うーん」

杢之助は唸《うな》った。太一が手習い処の師匠から目をかけられていることは嬉しいが、唸ったのはそのことではない。鮎問屋の蔦屋といえば、毎年初物《はつもの》の鮎を将軍家に献上している大店《おおだな》である。もちろんあるじは内藤新宿の、屈指の町役《ちょうやく》の一人だ。その蔦屋善兵衛《ぜんべえ》が番頭や手代ではなく、近いとはいえ直接手習い処に訪《おとな》いを入れた。しかも手習いの終わるころを見計り、手土産も二十人を超す手習い子たち全員へ行きわたるように用意していた。榊原真吾が一番喜びそうな勘所《かんどころ》を押さえている。それだけ蔦屋善兵衛は、きょうの訪いには気を遣《つか》ったことになる。

「あの蔦屋さんが、いったい何を榊原さまにお頼みしたのか」

気になる。

杢之助は蔦屋善兵衛を直接知っているわけではない。知っていても〝生きた親仁《おやじ》の捨て所〟などといわれている、しがない木戸番小屋の番人がまともに口をきける相手ではない。

唸りはそこだった。榊原真吾は四ツ谷の麦ヤ横丁で手習い処を開く以前、内藤新宿で複数の旅籠《はたご》の用心棒をしていた。当然、蔦屋はそのときの真吾の評判は知っていようし、大店であれば面識もあろう。

（なにやら榊原さまの出番が、内藤新宿に出来《しゅったい》？）

脳裡をよぎった。

太一が木戸番小屋を跳び出てから小半時（およそ三十分）ほどたってからだった。

「いますかね」

立てつけのあまりよくない腰高障子に音を立てたのは、いま太一に菜切りを手伝わせている、おもての居酒屋のあるじ清次《せいじ》だった。杢之助によく似て細身で引き締まった体躯《たいく》だ。杢之助より十年ほど若い。

「おや、おもての清次旦那。また番小屋で油でも売りに来なさったかね」

通りかかった町内のおかみさんが声をかけてきたのへ、

「あ、ちょいとね」

「ごゆっくり」

おかみさんは通りすぎた。日常の、いつもの挨拶だ。清次のところは、昼間は飯屋で夕刻には客の需要に応じて居酒屋になっている。この時刻、飲食の店では昼めしの客が一段落つき、夕方の書き入れ時への仕込みにもまだ間があって、ゆっくり息継ぎができる頃合いである。

清次は木戸番小屋へ向きなおると、

「杢之助さん」

通りがかりのおかみさんに見せた笑顔を消した。

「来ると思ったよ。座りねえ」

李之助は売り物の荒物を手で押しのけ、清次の座をつくった。どの町の木戸番人も、町から出る給金だけでは喰っていけないので、荒物を番小屋にならべたり子供相手の駄菓子を売ったりしている。

清次は腰高障子を開けたままにし、すり切れ畳に腰を下ろした。通りがかりの者が見ても、木戸番人と軽く雑談でもしているように見せるため、故意に開けているのだ。つまり二人とも、周囲に疑惑を持たれぬよう気を遣っていることになる。

「太一が言ってたろう、鮒形煎餅よ」

「へえ、その蔦屋さんのことで」

胡坐《あぐら》を組んだまま言った李之助に、すり切れ畳に腰を下ろした清次は上体をねじり、声を落とした。やはり外からは、街道おもての旦那が世間話にふらりと寄ったようにしか見えない。

「あそこの旦那が直《じか》に榊原さまへ……、おめえも気になるってんだろ」

「いえ、その逆で。だからこうして李之助さんに」

「どういうことだい」

腰高障子を開けたまま、二人はさらに低声《こごえ》になった。

「最初に言っておきやす。ありゃあ、あくまでも大木戸向こうの出来事で、こっちから榊原の旦那が出張《でば》りなさろうと、左門町に関わりはねえ。そのことを肝に銘じておいてくだせえ、と……」

「言いに来たかい。どういうことだ。なんだかおめえ、関わりのありそうな口振りじゃねえか」

「あ、あれですか。太一のもらってきた鮒形は」

清次は話をそらしたわけではないが、荒物の横に無造作に置かれている鮒形煎餅に目をやった。

「松つぁんや竹さんにもってナ。一坊らしいや」

杢之助は返し、また目を細めた。

清次の居酒屋も、鮒や鮎などの川魚は蔦屋から仕入れている。といっても、小口だから天秤棒の魚屋を通じてだが……。今朝も来た……が、いつもの棒手振《ぼてふり》と違っていた。なんと蔦屋の手代だったのだ。当然、清次は理由《わけ》を訊《き》いた。

「――いつもの棒手振さんにちょいと事故がありまして。それで定まったお得意さんに迷惑がかかってはいけないと思い、わたしら店の者がこうして天秤棒を担いでいるしだいでございます」

蔦屋の手代の話はそこまでで、すぐ次の得意先に向かったという。清次は、棒手振がケガなどではなく、〝事故〟というのが気になった。

「さっそく宿《しゅく》の同業へ訊きにまいりやした」

清次は話をつづけた。左門町は四ツ谷でも内藤新宿寄りにあり、杢之助が起居する木戸番小屋から街道に出て西へ五、六丁（およそ六百米《メートル》）ほど進めば四ツ谷大木戸があり、それを抜ければ甲州街道第一の宿駅となる内藤新宿の街並みがつづいている。ちなみに東へ十七、八丁（二粁《キロ》足らず）も歩けば、江戸城外濠《そとぼり》の四ツ谷御門に行き当たる。

清次は内藤新宿で懇意にしている小体《こてい》な居酒屋を二、三軒訪ねた。きょう午前のことである。

「――なにやら揉《も》めているそうで。鳴水屋《なるみや》さんとでさあ。もっとも、わしらは蔦屋さんだろうが鳴水屋さんだろうが、生きのいい魚《の》が入りさえすりゃあどっちでもいいんですがね」

言う板前もおれば、

「――鳴水屋さんは、どうも向こう意気が強くってねえ」

と、その人物に眉をしかめる同業もいた。

蔦屋は内藤新宿が開かれてから百三十年ほどもつづく鮎問屋の老舗《しにせ》で、初鮎の将軍家献上は新宿開業認可の御礼を込め蔦屋が始めたもので、あるじは代々〝善兵衛〟を名乗り、いまは六代目だという。これに対して鳴水屋は内藤新宿に暖簾《のれん》を出してからまだ二十年ほどであり、いまのあるじは玉充郎《たまじゅうろう》といって二代目で、数年前に初代の跡を継ぎ、歳《とし》は三十路《みそじ》を過ぎたばかりらしい。

内藤新宿の居酒屋のあるじが、この若い二代目玉充郎に〝商《あきな》い熱心なのはいいのだが、どうも……〟と眉をひそめたのには、清次にも肯《うなず》けるものがあった。なにが〝どうも〟なのか明瞭には表現できないが、強《し》いて言えば、

（熱心が過ぎるのでは）

清次は感じている。

今年、春のことだった。若い玉充郎が、これまた若い手代と棒手振をつれて清次の居酒屋を訪れ、

「――もうすぐ夏で鮎の季節でございます。その折は鳴水屋の棒手振をよろしく」

鄭重《ていちょう》に挨拶を入れたのだ。聞けば内藤新宿はもちろん、四ツ谷から市ケ谷界隈にまで一軒一軒、売り子の棒手振をつれ飲食の店に足を運んでいるという。

(――こんな小口の得意先へまでも、なんと熱心な)

清次は思ったものである。

だが、

「――玉川《たまがわ》の漁場《りょうば》は手前どもが押さえておりまして、蔦屋さんにいい鮎《の》は入りませんよ」

玉充郎が愛想笑いを浮かべながら言ったのには、

(――漁場を押さえたとは、どういうこと?)

首をかしげたものだった。

分かる部分もあった。江戸へ入る鮎の漁場は、内藤新宿より甲州街道を西へ七里半(およそ三十粁《キロ》)の玉川(多摩川)で、川向こうの日野宿《ひのしゅく》では鮎寿司が名物になっている。鮎は川魚の中でもとくに傷《いた》みが早く、そのため将軍家への献上の鮎は夜中に水揚げしたものを西岸の日野宿ではなく東岸の柴崎村《しばさきむら》に揚げ、そこから夜っぴて街道をひた走って内藤新宿に運ばれ、そこから蔦屋の若い者が提灯《ちょうちん》をかざして先頭を駈け、日の出前に四ツ谷御門に駈け込むのが毎年の行事となっている。この鮎担ぎ人足は柴崎村の漁師の中からとくに健脚の者が選ばれ、夜中の走りで人目にはつかないがこの上ない名誉なこととされている。鳴水屋の先代は若いころ、この鮎担ぎ人足を幾度もつとめた柴崎村の漁師だった。すると二代目の玉充郎も当然柴崎村となじみは深く、〝漁場は手前どもが押さえて〟というのも故《ゆえ》なしとはしない。

だが、これまでも玉川柴崎村周辺の漁場を蔦屋が押さえていたわけではない。初物は〝蔦屋さんへ〟というのが毎年の慣わしで、高値で買い取っていたにすぎない。そこを〝押さえて〟と言うからには、かなり強引な手を使ったのかもしれない。

「そういう事情でござんしてね。そこで蔦屋さんの善兵衛旦那が直接、榊原の旦那を訪ねなさったと思われまさあ。しかも榊原さまの心をつかむような礼を尽くして」

と、清次はまた太一が置いていった鮒形煎餅に視線を投げた。

「つまり血なまぐさいことがあって、蔦屋さんでは腕の立つ榊原さまに何かを頼み込んだ……と？」

「おそらく。そのあと、麦ヤ横丁から出てきなすった蔦屋さんは街道で町駕籠《まちかご》を拾いなすって、御箪笥町《おたんすちょう》までっておっしゃっているのが聞こえやした」

「御箪笥町？　岡っ引の源造《げんぞう》さん……か」

「そうでさあ。だとすれば……」

「事件てことになるなあ。で、それを儂《わし》になんでわざわざ」

「だからでさあ。もし蔦屋さんが源造さんを訪ねなすったのなら、事件てのは内藤新宿だけでなく、大木戸のこちらにも関わっているのかもしれやせん」

「ははは。そりゃあ清次よ。おめえの取り越し苦労だぜ」

「いえ。だからその逆でさあ。杢之助さんがいつもの取り越し苦労で、ご自分から関わるようなことをしなさらねえかと、それが心配で」

「なに言ってやがる。事件か何かもまだ決まっちゃいねえのに、関わるも関わらねえもありゃしねえ」

「まあ、そうでやすが。ともかく気をつけてもらいてえと」

「そうそう。きょう松つぁと竹さん、大木戸の向こうをながしているはずだ」

太一も言っていたおなじ長屋の住人で、鋳掛屋《いかけや》の松次郎と羅宇屋《らうや》の竹五郎である。

「えっ、あの二人。きょう内藤新宿を？」

「そうだ。なにか噂を拾ってくるかもしれねえ。それを待とう」

松次郎が街角や横丁の広場でふいごを踏みはじめれば、穴のあいた鍋や釜を持った女衆が集り、そこは井戸端会議ならずふいご端会議の場となり、どこで夫婦喧嘩があっただの犬が子を産んだなどと、町の噂が飛び交う。一方、竹五郎は声がかかった民家や商家の裏庭で縁側を借り、煙管《きせる》の脂《やに》取りや雁首《がんくび》と吸口をつなぐ羅宇竹《らうだけ》を挿げ替えたりし、その家の隠居やあるじが一緒に座って話し込み、外では聞けないような込み入った話なども耳にする。

「ならば今夜、店が引けてからまた参りやす」

清次が言って腰を上げたところへ、

「あらあ、おもての清次旦那。またここでお暇つぶしでございますか」

町内のおかみさんが台所用の笊《ざる》を買いに来た。

「ま、そういうところで。町内の見まわりもしっかり頼みますよってネ」

「大丈夫ですよう。左門町の木戸番さんは杢さんなんだから」

「はは、違いありません。では木戸番さん、今夜も木戸のほう、しっかりと」

「へい。火の用心もくまなくまわっておきます」

敷居のところで振り返った清次に、杢之助はゴマ塩まじりの頭をピョコリと下げた。他人《ひと》の前では、あくまでも町内の旦那と木戸番人の関係なのだ。

「そこのちょいと大きめの笊、それをもらおうかしらねえ」

「へい、これでござんすね」

町内のおかみさんに言われ、杢之助は大きめの笊を引き寄せた。いずこの町でも住人は、町内で済む買い物は町内で済ませている。それだけ誰にも地域への帰属意識は強いのだ。

おかみさんの帰ったあと、

（さあて、松つぁんと竹さんの帰りが待たれるなあ）

念じながら、杢之助は笊や桶《おけ》をすり切れ畳の上にならべ替えた。

二

松次郎や竹五郎の帰りを待つまでもなかった。

「おう、バンモク。いるかい」

いつものだみ声で、左門町の木戸番小屋の腰高障子に勢いよく音を立てたのは、御簞笥町の源造だった。四ツ谷御門に近い町家で、ほぼ四ツ谷界隈の真ん中に位置し、四ツ谷一帯を縄張にする岡っ引としてはちょうどいいところに塒《ねぐら》を構えており、粋《いき》筋《すじ》上がりの女房に小さな小間物屋をやらせている。

「大木戸向こうのことだがよ、なにか噂は聞いていないかい」

街道のほこりをバタバタと払い、狭い三和土に雪駄《せった》の足を踏み入れ、

「外は風でけっこうほこりっぽいぜ。戸は閉めさせてもらわあ」

言いながらうしろ手で障子戸を閉めた。

「これは源造さん。やはり来なすったかい。座りねえよ」

「おっ。やはりたあ、おめえ、何かつかんでるな」

杢之助が荒物を手で押しのけ、そこへ源造は当然のように腰をどんと落とし、奥のほうへ上体をよじって太い眉をヒクヒク動かせた。獲物を嗅ぎつけたときの、源造のいつもの癖《くせ》である。

「何もつかんじゃいねえさ。ただ何やら起こりそうな、そんな気がしてな」

「ほっ。おめえ、きょうはいやに話が分かるじゃねえか。おっ、その鮒形。宿《しゅく》の蔦屋じゃねえか。あの旦那、ここにも来たのかい」

源造の眉毛がまた動いた。

「いや。一坊が持ってきてナ」

杢之助は、清次が来たことは伏せ、蔦屋の鮒形煎餅が木戸番小屋にもある経緯《いきさつ》を話し、

「手習い処のあと、蔦屋さんは四ツ谷御門のほうへ向かったと聞いたが。やはりあんたのところへ行ったんだねえ」

「なんでえ。おめえのやはりってのはそんなことかい。結局おめえはまだ何も知らねえと……」

「そういうことだ。で、あんたがここへ来た用件は？」

李之助は胡坐を組んだまま、上体を源造のほうへかたむけた。なにかが蠢《うごめ》いているのは内藤新宿で、清次の言うとおり左門町に関わりがないことかもしれない。だが蔦屋は源造を訪れ、何かを依頼した。ということは、四ツ谷にも関わることが起きそうな……。ならば、事件が起きてこの左門町に奉行所の同心が出張《でば》ってきてウロウロされないためにも、

（ひとまず源造さんに手を貸し……）

内容の分からないまま、とっさに判断したのだ。李之助は源造を見つめた。

『奉行所には、どんな目利きがいるか知れたものじゃねえ』

岡っ引の源造には悟られぬよう、常に李之助が清次に言っていることなのだ。

源造はまた眉毛をヒクヒクさせ、

「おめえが身を乗り出すなんざ珍しいじゃねえか。ありがたいぜ。つまりよ……」

蔦屋善兵衛から依頼された件を話しはじめた。

それによると、新興の鳴水屋が若い二代目になってから商いの手を積極的に広げはじめたらしい。李之助は頷《うなず》いた。清次の居酒屋にまで、鳴水屋玉充郎は足を運んでいるのだ。ところが、老舗の蔦屋は強い。なにしろ百三十年の歴史があるのだ。そこ

で鳴水屋玉充郎は玉川の柴崎村に地盤があることから、漁師たちに手をまわし、川魚の蔦屋への水揚げを妨害しはじめ、時には暴力もともなったらしい。だが蔦屋は老舗の貫禄を見せ、一過性のものと見て意に介さなかった。そのとおりになり、鳴水屋は蔦屋を揺るがすことさえできなかった。

そこへ、そろそろ初鮎《はつあゆ》の将軍家献上の季節が来たのだ。毎年、柴崎村から天秤棒の両端に鮎籠《あゆかご》を吊るした担ぎ手が四人、提灯を持って先導する者が二人、背後に担ぎ手の予備の者が二人つづき、合計八人が内藤新宿までの七里半を夜っぴて走る。不安定な天秤棒を担いで走るのだから担ぎ手は大変な重労働になる。それを蔦屋の玄関口で待ち構えていた新たな担ぎ手四人が、提灯を手に先導する蔦屋の手代二名とともに四ツ谷御門までの二十三丁（二粁余）を勢いよく駈け、さらに御門内の番屋で待ち受けていた将軍家御膳《ごぜん》奉行の手の者に先導され内濠《うちぼり》の中まで走り込む。蔦屋から江戸城までの担ぎ手は、蔦屋に出入りしている棒手振の魚屋から毎年、屈強な者が選ばれる。おそらく今年の担ぎ手は、もう決まっているのだろう。もっとも柴崎村から大八車か早駕籠で運べばよさそうなものだが、物は鮮魚である。すべて魚屋の体裁をとるのが百三十年来の伝統なのだ。

それは杢之助も知っている。左門町の木戸の前を走る提灯を見たこともある。元飛脚であった李之助には、その重労働ぶりはよく理解できた。それに耐えるのも鮮魚を扱う男たちの心意気だろう。

「ところが鳴水屋は柴崎村でおなじような人数を用意したうえ、蔦屋への担ぎ手に選ばれた漁師二人が二日ほど前、何者かに襲われ足の骨を折ったらしい」

「なんと！」

李之助は緊張を覚えた。

「なにしろ名誉な仕事だから、代わりの者はすぐ見つかったらしい。ところが内藤新宿でみょうな噂が立ってるらしいのよ」

「どんな？」

「四ツ谷大木戸を江戸府内に入りゃ、どんな悪党がいるか知れねえ。からまれて献上の鮎を地面に落としでもすりゃあ打首にもなりかねねえって、棒手振どもを萎縮させているらしいのよ」

「なるほど。それで蔦屋の鮎を江戸城へ届けさせず、鳴水屋が二番手を走らせて将軍家へ献上って寸法かい」

「そういうところさ。鳴水屋じゃ息のかかった棒手振に声をかけ、宿《しゅく》から城内までの担ぎ手の準備もしているらしいのよ」

「ほう、ほうほう。それでも蔦屋さんが鮎道中を走らせたなら、鳴水屋にすりゃあ実際に襲うしかない。だが柴崎村から内藤新宿までの道のりで手を出そうものなら、すでに柴崎村でも事を起こしていることから、すぐ鳴水屋と分かる。だが大木戸を入ってからなら、蔦屋さんに恨みでもある江戸の与太が、因縁をつけてきたと装《よそお》えるってことか」

「さすがバンモク、分かりが早いぜ。外濠《そとぼり》の四ツ谷御門を入ってから襲ったんじゃ、その場でそいつらの首が飛ばあ。やるとすりゃあ、四ツ谷大木戸から四ツ谷御門までの町家でってことにならあ」

「そうかい、そういうことだったのかい」

杢之助は得心した。危険な道のりは、すべて源造の縄張内《しまうち》ということになる。それで蔦屋善兵衛は菓子折りを持って榊原真吾に伴走を頼み、源造にも〝よろしく〟と挨拶を入れに行ったのだろう。

「それでだ」

源造は膝に上げた足を組み替え、あらためて杢之助のほうへ身をよじった。

「内藤新宿からの鮎道中には榊原の旦那が一応つきなさるが、何事もなく鮎道中を四ツ谷御門に入れるにゃあ、暗いうちから街道に不審な野郎がうろついていねえか見張っていなきゃならねえ。二十二、三丁も俺一人じゃ無理だ。四ツ谷大木戸から左門町を経て隣の忍原《おしはら》横丁までをおめえに出てもらいてえ。そこから先は俺がなんとかすらあ」

蔦屋からかなりの謝礼が出たのか、すっかりその気になっている。しかも、ただの鮎ではない。将軍家献上の鮎道中に事故があったとなれば、八丁堀が出張ってくるのは目に見えている。それがもし左門町の界隈だったなら、杢之助にすればまさに〝身に降る火の粉〟となる。榊原真吾が道中についてくれるのはありがたいが、その日に何事もなく夜明けを迎えるには、

（やはり源造に手を貸さねば）

杢之助はブルルと緊張するのを覚えた。

同時に、肝心なことを聞き忘れていたことに気がついた。

「で、鮎道中が走るのはいつだい」

「今夜だ」

「なんだって！」

思わず声に出した。

が、表情はすぐ平常に戻した。異常に驚いたことを岡っ引に見せ、余計な詮索をさ

れてはまずい。ただでさえ、源造は他の町の木戸番人は〝おう、番太〟とか〝おい、番太郎〟などと呼んでいるが、左門町の杢之助だけは〝バンモク〟と呼んで他とは区別しているのだ。

「なにもそんなに驚くことねえじゃねえか」

源造は考えるように眉毛の動きをとめ、杢之助の顔をのぞき込んだ。

「いや。まだ何日も先のことかと思っていたので、つい」

「ははは。なにをのんきなこと言ってやがる。今夜だぜ、今夜。だからいま俺がこうして来てるんじゃねえか。榊原の旦那も今夜は徹夜だろうよ」

「そうなるだろうなあ」

杢之助は返したが、それは自分のことでもあるのだ。

「いまから打ち合わせに手習い処へ行かなきゃならねえ。どうでえ、おめえも一緒に行くかい」

「ふむ。そうしようか」

杢之助は応じ、腰を上げようとしたときである。腰高障子に影が二つ射し、

「大変《てえへん》だ、杢さん！」

声とともに障子戸が勢いよく開いた。鋳掛屋の松次郎だ。ということは、もう一人

はいつも一緒にいる羅宇屋の竹五郎……ではなかった。仕事を終えて帰ってくるにはまだ早くもあり、若干の緊張を覚えて杢之助が視線を向けたのは、見るからに実直そうなお店者風《たなものふう》の人物だった。

「おっ、源造さん。来てたのかい。ちょうどよかった」

松次郎が鋳掛道具を吊るした天秤棒を肩からはずし、言いながら三和土に入ってきたのもみょうだ。いつもなら、松次郎も竹五郎も岡っ引の源造を避け、仕事から戻ってきて木戸番小屋に源造がいたなら、

「――ケッ、来てんのかい。先に湯へ行ってくらあ」

と、開けた腰高障子をすぐまた外から閉めてしまうのだが、いまは〝ちょうどよかった〟なのだ。これには源造が面喰らい、

「おぉ？　松、どうしたえ」

すり切れ畳から腰を浮かせた。尋常ならざるものを感じたのだ。

「あぁ、これは四ツ谷御簞笥町の源造親分でございましたか」

半纏《はんてん》に三尺帯の松次郎の背後で応じ、

「本当、ちょうどようございました」

と、縞柄《しまがら》の着物に角帯《かくおび》を締め羽織までつけた姿で敷居をまたぎ、狭い三和土に立っ

たのは、

「わたくし、内藤新宿の蔦屋の番頭でございます」

だった。

「そういうことなんだ。つまりだ、俺ア張り切ってるぜ。だから、杢さんの話もしたのよ」

「松、おめえはいいから。で、蔦屋の番頭さん。いってえどうしなすった。きょうそちらの善兵衛旦那が御箪笥町に来なすったばかりですぜ」

いつも話を端折《はしょ》る松次郎を源造は制し、蔦屋の番頭にすり切れ畳を自分の家のように手で示し、杢之助も、

「さ、むさいところですが」

源造の横の荒物を手で押しのけ、座をつくった。

「いえ。すぐおいとまいたしますのでお構いなく。実は……」

蔦屋の番頭は立ったまま話しはじめた。背後の腰高障子は開いたままである。

昨夜、蔦屋の棒手振が一人襲われ、今朝から仕事に出られなくなっているというのだ。なるほど、それで今朝清次の居酒屋に来たのが手代だったということらしい。

「それに」

番頭がつづけようとしたところへ、

「まあまあ、きょうはお客さんが一杯で」

おもての居酒屋から志乃《しの》が盆に急須と湯呑みを載せて持ってきた。清次の女房だ。商売柄、蔦屋の番頭の顔は知っていよう。それに源造まで来ている。清次が心配して志乃を物見《ものみ》によこしたようだ。杢之助は気を利かせ、

「あ、志乃さん。ちょいとやっかいなことになっているらしくって。あとでまた行くよ」

「まあ、やっかいなことって？」

「あ、おかみさんも一緒に聞いてくださいまし。手前どもも近辺のお得意さんにはこれ以上迷惑はかけられませんので」

鄭重に言う番頭に志乃は、

「まあまあ、ご丁寧に。いったいなんですの？　けさ手代さんが棒手振さんの代わりに見えたことといい」

お茶を湯飲みにそそぎ、その場で一緒に聞く姿勢に入った。狭い三和土はもう満員である。左門町の通りを行く者は何事かと、開けたままの腰高障子に視線を投げながら歩いている。

（この際、志乃さんも一緒に聞いたほうがいいかもしれない）

李之助は思った。李之助と清次の以前を知るのは、この世で志乃だけなのだ。志乃が店をきりもりしているのだが、

『おめえには過ぎた女房だぜ』

李之助がいつも清次に言っているのは、その故《ゆえ》でもあるのだ。

番頭は話をつづけた。きょう昼間も二人が商いの途中、何者かに喧嘩を売られ、骨までは折られなかったが身動きできない状態になったというのだ。いずれも内藤新宿の外で、二人は四ツ谷界隈で源造の縄張内での出来事だったらしい。

「まっ」

志乃は驚いた声を上げ、

「なんだと！」

源造はいきり立った。しかも襲われたのは今夜の鮎道中の担ぎ手だったという。そこで天秤棒を毎日担いでいる筋肉質の松次郎がちょうど内藤新宿で鍋を打っていたものだから番頭が声をかけ、

「俺、俺がよう、代役を頼まれたって寸法よ。だが、まだ二人足りねえ」

「で、バンモクが元飛脚だって話したのかい。だがこいつ、もう五十を過ぎてるぜ」

松次郎が待っていたように口を入れたのへ源造がつないだ。

「はい。さようでございますが、お見受けしたところ、松次郎さんから聞きましたとおり、まだまだ衰えてはいらっしゃらないようで。あっ、これは失礼いたしました。まだまだお元気なようで。で、いかがでございましょう。内藤新宿から四ツ谷御門まで、そこからまた内濠までででございます。もう、日当は弾ませていただきます」

「うっ」

杢之助は唸った。しかしすぐに、

「ま、そのくらいなら、昔とった杵柄《きねづか》だし……」

応じると、

「そうね。杢之助さんなら」

「こいつぁおもしれえ。バンモクが鮎を担いで走るなんざあ見物《みもの》だぜ。ま、夜明け前でまだ暗いうちだから少々ふらついても分からねえが、途中でぶっ倒れるなや」

志乃まで言ったのへ、源造は手を打っておもしろがった。

「そこでなんです、親分」

蔦屋の番頭は源造に揉み手をし、

「用心のため、松次郎さんとここの木戸番さんにはいまから一人だけ無事な棒手振と一緒に、蔦屋《うち》へ入っていただき、これから麦ヤ横丁の手習い処に行って榊原さまにも用心棒に来ていただくようお願いするつもりなのです。もちろん街道も一緒に伴走していただきますので。それで今宵、左門町の木戸は留守ってことになります。そこを親分のお力添えでなんとか一つ……今夜の街道の警戒だけでなく」

木戸番小屋が一晩無人で、火の用心もまわらないのへ目をつむってくれと頼んでいるのだ。

「お安い御用でさあ。左門町の町役には俺からよろしく言っときまさあ。で、松よ。竹はどうしたい」

「へへ、それよ。いまごろふてくされて、蔦屋さんの裏庭で羅宇竹の挿げ替えなどしてやがらあ」

角顔で筋肉質の松次郎にくらべ、丸顔の竹五郎は全体が肥満ではないがいくらか顔に似てふくよかで、

「重いものは担げるが、そのまま走れってのはちょいと可哀想だわさ。それで、ま、声がかかったのは俺だけだったってことよ」

「ははは。そうだろ、そうだろ。それでちょうどいいや」

源造が愉快そうに言ったのは、竹五郎に木戸番をと思ったからだった。杢之助もお

なじことを考え、

「竹さんが戻ってきたら儂《わし》から頼んどくよ。それよりも番頭さん、榊原さまにいまから用心棒をお頼みなさるのなら早く行かねえと」

「はい。そういたします」

「おう、俺も行くところだったんだ。こうなりゃあ、ますます綿密に打合わせをしておかなくちゃならねえ。バンモク、おめえはどうする」

「こういう事情になったんだ。儂は松つぁんとあとで直接蔦屋さんへ行かあ」

「そうしてくださいまし。商舗《みせ》のほうで夕の膳も用意いたしますほどに」

「なんだか大変なことでも起こりそうな」

志乃が言いながら蔦屋の番頭と源造につづいて敷居を外へまたいだ。木戸番小屋には杢之助と松次郎だけになった。志乃はすぐにでも清次にいまの話をするだろう。杢之助にとってはそれだけ手間がはぶける。だが、

(事件にさせないため)

清次と意思の疎通をしておかねばならない。

「へへえ、竹にゃ悪いが鮎道中を走るなんざ、嬉しくってしょうがねえや。で、杢さん。俺、つい人数が足りねえって聞いたもんだから、あの番頭さんをここへ連れてき

ちまったんだが、よかったかなあ」

「はは、儂を元飛脚だと言ったんだろう。大丈夫、まだ老いぼれちゃいないさ」

「でもよ」

言っているところへ、

「杢さん、杢さん！　それに松つぁんさあ！」

けたたましい下駄の音とともに甲高《かんだか》い声が木戸番小屋に飛び込んできた。

「ほうら、来なすった」

杢之助が言ったのへ松次郎は振り返り、

「ケッ、またかい」

左門町の通りのなかほどに暖簾《のれん》を張っている、一膳飯屋のかみさんだ。さっきから木戸番小屋が気になり、源造が帰るのを待ちかねていたようだ。

「ねえねえ、なんだったのよ、なんだったのさ。さっきの、宿《しゅく》の蔦屋の番頭さんじゃないのかえ。あたしんちもお世話になってるけどさあ。源造さんとここで一緒に話し込むなんて。それにおもての志乃さんまで一緒だったじゃないか」

土ぼこりを巻き上げながら小太りの身で木戸番小屋の入り口をふさいだ。左門町の噂の伝播役である。このかみさんの耳に入った噂は、半日と経ないうちに左門町はおろか隣の忍原横丁から街道向かいの麦ヤ横丁にまでもくまなく広がっている。いつもならこのかみさんが駈けつけるたびに杢之助は閉口するのだが、いまは、

（よし、ちょうどいい）

とっさに思うものがあった。

（これで左門町に八丁堀を入れさせない算段が）

ついたのである。

「あははは、おかみさん。松つぁんに訊きなせえよ」

「えっ？　松つぁん。何か聞き込んできたかね」

「なに言ってやがる。聞き込んだんじゃねえや。俺が当事者ってことよ」

松次郎は胸を張った。たとえ松次郎が前後まちまちに話しても、一膳飯屋のかみさんなら勝手につなぎ合わせて十分に理解する。松次郎が一通り話し終えると、

「えぇえ！」

通りを行く者が振り返るほど大きな声を出し、

「そんな物騒なこと！　それに杢さんと松つぁんが鮎の天秤棒を担いで、榊原の旦那が押っ取り刀で一緒に走りなさる？」

「そうさ。だからよう」

杢之助がつないだ。

「左門町も忍原も麦ヤも、まだ暗いうちだがみんなで出てきて応援してくれや。志乃さんもさっきそうするってよ。そうなりゃあ儂《わし》も松つぁんも榊原さまも、まだ明けぬ空に元気百倍で将軍さまに鮎を届けられらあ」

「うん、するする。これからあたしひとっぱしり、町中に触れておくよ」

一膳飯屋のかみさんは大乗り気になった。

街道に町の者が大勢出たなら、まさか暗いとはいえ襲うことはできまい。少なくとも四ツ谷大木戸から塩町、左門町、忍原横丁までに事件は起こらない。襲ってくるとすれば、その先から四ツ谷御門までのあいだとなろう。左門町に八丁堀が聞き込みを入れたり、まして杢之助の木戸番小屋が詰所になることはなくなる。

三

「それじゃ、行ってきますよ」

一息ついてから、松次郎と左門町の木戸を出た杢之助は、清次の居酒屋に声を入れた。そろそろ仕事を終えた職人や行商人たちが、晩めしがてらちょいと一杯と入りはじめる時分である。すでに三人ほど職人風の客が飯台に座っている。杢之助の声に、清次が板場から顔をのぞかせ、頷きを示した。

「おじちゃん。おいらが木戸番、ちゃんとやっておくよ」

菜切りをしていた太一の声が聞こえた。

「ここが終われば、あたしも木戸番小屋で……。でも、杢さん。大丈夫？」

おミネが心配げな表情を見せた。三十路《みそじ》をとうに超しているが、色白の細身でいつも洗い髪をうしろで束ねているのが、実際の歳よりも若く見せている。

このあと竹五郎ではなく、太一が木戸番小屋の留守番をし、火の用心と木戸の開け閉めを竹五郎に頼むことになったようだ。清次が頷きを見せたのは、その段取りのことだけではない。

（左門町の界隈で、事は起こさせやせん）

その確認である。

杢之助は頷きを返し、

「さあ、途中で竹さんと会えるかねえ」

言いながら、暖簾の中へ顔をのぞかせた松次郎の半纏の背を押した。太陽は西の空に大きくかたむき、街道は荷馬も大八車も日の入りまでにと急ぎ、大木戸を入ってきた旅姿の者も、ようやく江戸に入ったとの安堵の表情を見せながらも急ぎ足になっている。ほこりっぽく、夕刻近くの慌《あわただ》しさを見せる毎日の光景である。風が昼間より収まってきているのが助かる。

「それにしても、どうも解《げ》せねえぜ。あの鳴水屋がそんな筋の通らねえことを企《たくら》むなんざ」

街道に長い影を引きながら言った松次郎に、

「ほう。松つぁんもそう思うかい。儂もこの話を聞いたときから、なにやら引っかかるものを感じてなあ」

杢之助は着物を尻端折に白足袋で下駄《げた》をはいた足を進めながら返した。夏も冬も白足袋は木戸の決まりで、その足に下駄はいずれの木戸番人にも共通した出で立ちである。それに木戸番人は年行《としゆ》きを重ねた者が多く、火の用心にまわるときなどは手拭《てぬぐい》を頬かぶりにぶら提灯を腰に差し、前かがみに拍子木を打っている。杢之助もその類に洩れないが、元飛脚で足腰のまだ衰えていないことは町内周知のことである。

それよりも鳴水屋の件である。

「去年だったかなあ。鳴水屋の鍋をまとめて打ったとき、女中さんにもらって喰ったが、まあ旨《うま》かった」

松次郎はつづけ、杢之助も頷いた。数年前、鳴水屋の代がいまの若い玉充郎に代わったとき、鮎や鮒など川魚の卸《おろ》しだけでなく、それら鮮魚をおろして臼《うす》で搗《つ》きあげ、丸い餅《もち》の形にちぎって強火でさっと炙《あぶ》ったのをその場で食べる食品を売り出した。つまり川魚の蒲鉾《かまぼこ》で、鳴水屋では〝魚丸餅《ぎょがんもち》〟と名づけた。当った。売り出すなりすぐに蔦屋の鮒形煎餅とならんで内藤新宿の名物になり、鮒形と同様、江戸府内からわざわざ買いに来る客も見られるようになった。老舗の蔦屋では鳴水屋の成功を内藤新宿全体の慶事として喜び、一切類似品はつくらなかった。いわば蔦屋の鮒形煎餅と鳴水屋の魚丸餅は、もちつもたれつの間柄となっていたのだ。

（その鳴水屋がなぜ？　あまりにも稚拙《ちせつ》すぎる）

蔦屋の道中人足が、つぎつぎと襲われているのは事実なのだ。考えるよりも、ともかくいまは左門町に降りかかる火の粉を払わねばならない。そのために、杢之助は担ぎ手を二つ返事で引き受けたのだ。

「あゝ、あのとき松つぁん、儂や一坊にまで鳴水屋の魚丸餅を土産に持って帰ってくれたなあ。炭火で炙って、ほんと旨かった」

「だろう、だろう。その鳴水屋が暴力沙汰たあ、まったくあそこの玉充郎旦那、魔が差したってえやつかもしれねえぜ」

言っているうちに四ツ谷大木戸にさしかかった。大木戸といっても、いまでは街道の両側に石垣と番屋が残っているだけで、木戸は取り払われ往来勝手となっている。番屋の中には外から見えるように、突棒《つくぼう》や刺股《さすまた》などの捕物道具がならべられている。これより江戸府内、不埒《ふらち》は許さぬとのお上の威嚇《いかく》の意が込められているのだ。両側に石垣が組まれている箇所の往還は石畳になっており、大八車が一段と硬く大きな音を立てる。その音に混じって、

「おぉ、竹だ」

松次郎が声を上げ、

「おぉい、竹。悪いなあ、きょうは一人残したりしてよ」

急いでいる荷馬の陰に見えなくなったが、すぐまた見え、

「おおう。まあ、仕方ないやな」

手を上げ言いながら近づいてくる。背中の道具箱でカチャカチャと鳴る羅宇竹の音も聞こえてきた。

人混みの中で立ちどまった。杢之助が木戸の開け閉めを頼むと、

「あはは、だったら開けるのは夜中になるなあ。杢さんまで走るんなら、長屋のみんな起き出してくるぜ」

と、竹五郎はそうふてくされているようすでもなかった。

内藤新宿は昼と夜ではまるで表情を変える。昼間はもちろん旅人が行き交い、さらに人足の汗や荷馬の馬糞の臭いがただよい、江戸への物資の集散地として活況を呈している。だが夕刻が近づくとそれら昼間の空気は慌しく消え、日の入りの暮れ六ツの鐘を合図に街道に面した妓楼や枝道の酒処が一斉に提灯の明かりを灯し、張見世《はりみせ》にはお仕舞（化粧）をすませ着飾った妓《おんな》たちが出てきて、往還は素見客《ひやかし》たちのそぞろ歩きの場となる。

脇道や路地はほとんど日影になり、早くも一帯には脂粉の香がただよう雰囲気になりはじめている。

「ケッ、気の早い連中だぜ」

まだ薄暗くガランとした張見世のあたりに、素見客が出はじめている。蔦屋はそうしたおもて通りの中ほどから、枝道に入ったところに暖簾を掲げている。きょうは日の入りになっても暖簾は下ろさず、逆におもてへ高張提灯《たかはりちょうちん》を幾張も出している。深夜に将軍家献上の初鮎を迎えるのだ。宿場の西手にある天龍寺が打つ暮れ六ツの鐘が聞こえてきた。この鐘の音は四ツ谷左門町でもかすかに聞こえるが、やはり地元で聞くと大きく、腹にまで響く。蔦屋の前では店の者がおもてに出て、ちょうど高張提灯に火を入れたところだった。

「あ、松次郎さん。さっき番頭さんが帰ってきて、榊原さまもご一緒だよ。もう奥に入っておいでだ」

丁稚たちを差配していた手代が声をかけてきて、

「さ、こちらへ」

先に立って商舗《みせ》の中へ入った。杢之助も松次郎も蔦屋の奥に入るのは初めてだ。さすがは老舗の蔦屋で、中庭の廊下を通り奥は思ったより広かった。

部屋にはあるじの善兵衛に番頭、榊原真吾に棒手振が一人待っていた。

「お、これは弥五助《やごすけ》どん」

入るなり杢之助は言った。棒手振はいつも左門町の通りから奥の寺町に入っている弥五助で、なるほど松次郎に負けず劣らず屈強な体躯をしている。

「松つぁんだけじゃなく木戸番さんまでとは、番頭さんから聞いて驚きやしたよ」

と、弥五助は杢之助と松次郎にピョコリと頭を下げた。

「さあ、松次郎さんと左門町の木戸番さん、待っておりました。今宵は本当にお世話になります。ささ、どうぞそこへ」

善兵衛の迎えの言葉は鄭重だった。すでに用意されていた座布団を手で示し、

「さあ、これであす夜明け前に江戸城まで走っていただくかたがたが全員そろいました。ありがたいことでございます。さあ、番頭さん。夕の膳を」

善兵衛はふくよかな顔で口調もやわらかいが、表情には緊張の色が見える。

「えっ。全員って、善兵衛旦那。担ぎ手は四人じゃございませんので？」

座布団に腰を落としながら松次郎は怪訝そうに問いを入れた。松次郎の言葉に、杢之助も視線を善兵衛に向けた。棒手振は弥五助だけで、もう一人がいない。

「それは杢之助どのに松次郎さん、俺からあとでゆっくり説明しよう」

榊原真吾が応じた。真吾はかねてより杢之助を尋常ならざる人物と見ているのか、呼ぶときには〝どの〟をつけている。一度、

「――番太郎でよござんすよ。そう呼んでくださいましよ」

言ったことがある。だが、

「――いやいや。そなたを見ているとナ、ついそう称《よ》びたくなりましてなあ」

と、一向に改まらなかった。源造も杢之助を他の木戸番人とは区別し〝バンモク〟などと呼んでいるのだ。いずれも市井《しせい》に人知れず埋もれたいと願っている杢之助にとっては、気になるところである。いま、それはさておき、

「えっ？」

杢之助は榊原真吾に視線を向けた。

膳がととのい、女中が熱燗の用意までした。蔦屋が奥で出す酒である。

「くーっ、たまらねえ。こんな上物、竹にも呑ませてやりてえ」

「そお。こんなの、わしら正月だって呑めねえ」

と、松次郎と弥五助は早くも口に運んでいた。

箸と盃の進むなかに、

「今宵は、それがしも棒手振のお仲間に入れてもらうことになってナ」

真吾がさきほどのつづきを話し出した。

「えっ。どういうことですかい」

松次郎は盃を持った手をとめ、杢之助もとっさには意味が分からなかった。

昼間、左門町の木戸番小屋のあと、麦ヤ横丁の手習い処で源造が榊原真吾に頼み込むように、

「――榊原の旦那。棒手振に変装してくださいやせんか」

切り出したらしい。

四ツ谷を縄張にする岡っ引であれば、

「――許せねえんで。引っ捕らえたいんでさあ、この手で。榊原さま！」

何度も真吾に頭を下げたらしい。

岡っ引は同心の私的な配下で、十手《じって》や捕縄《とりなわ》を預かっているわけではない。だが、現行犯ならその場で取り押さえて自身番に身柄を預けることはできる。そのためには、刀を持った侍が一緒に走っていたのでは具合が悪い。無防備に見せかけ、襲わせなければならないのだ。

「――危険は承知でさあ。そこを榊原の旦那にしのいでいただくと同時に、あっしが飛び出して一人でも叩きのめして捕まえれば、あとはなんとか芋づるにできまさあ。どんな面《つら》の野郎か、そこから鳴水屋にたどり着けるかもしれやせん」

熱弁だったそうな。

「手前どもといたしましては、襲った者を捕まえるよりも、献上の鮎が無事ご城内に届けばそれで満足なのですが。榊原さまが〝よい〟とおっしゃるもので」

「内藤新宿の恥をご府内にさらすようになっては困るのですが、鳴水屋さんに強く反省してもらう材料にもなればと思いまして」

番頭が言ったのへあるじの善兵衛がなかば困惑したようにつないだ。

「ほっ。そいつはおもしれえや。何人出てこようと、榊原の旦那がついていてくださることだし、あっしらも天秤棒で叩きのめしてやりまさあ。ワクワクしてきやしたぜ」

「そうとくりゃあ、あっしだって。仲間を痛めつけた野郎どもだ。存分に仕返しをしてやりまさあ」

松次郎が嬉しそうに言ったのへ弥五助がつづけ、二人同時に盃を干した。

（まずい）

李之助は内心唸《うな》った。源造は犯人を誘い込むことを考えている。賊の一人でも捕えて自身番に引けば、あとは奉行所である。お白洲での詮議に、参考人として鮎道中に走った者全員が出頭することになるだろう。

『木戸番人の李之助とやら、面《おもて》を上げい。深夜、街道で襲われたこと、慥《しか》と相違ないか』

与力に声をかけられ、

『ははーっ』

顔を上げる。

それこそ、

――奉行所にはどんな目利きがいるか知れたものじゃねえなのだ。

（思いとどまらせなければ）

　が、源造はこの場に来ていない。縄張は大木戸の内側までで、用向きでそこを越えるには、なにかと踏まねばならない手順があるのだ。それに杢之助にしても、いまここでみょうな口出しをして目立つのは危険だ。

「ともかく、何事もないのを念じながら走らせてもらいますよ」

「はは、杢さんに襲いかかるやつがいたら、俺が天秤棒で叩きのめしてやらあ」

　杢之助がやむなく言ったのへ、松次郎が膳に盃にと忙しそうに口も手も動かしながら応えた。

「杢之助どの、心配はいらぬ。襲ってきても騒ぎにはさせぬから」

　つなぐように榊原真吾が言ったのは心強いが、杢之助の懸念は源造が賊を押さえたあとの処置にあるのだ。真吾は杢之助を〝尋常ならざる〟とは見ているが、その理由《わけ》までは知らない。

「旦那さま」

　廊下から声が入ってきた。さきほど杢之助と松次郎を部屋に案内した手代だった。この手代も今宵、提灯を持って一緒に走ることになっている。先導役だ。

「いましがた報告が入りました。鳴水屋さんも、秘かに鮎道中の準備をしているとのことでございます」

「そうですか」

蔦屋善兵衛は静かに返した。鳴水屋はやはり、やる構えのようだ。

「さ、いまのうちに腹を満たしておいてくださいまし」

一瞬とまった膳の動きに、善兵衛は明るさを取り戻すように言った。

このあと一同は仮眠をとり、柴崎村から深夜の街道をひた走ってきた鮎駕籠の到着を、おもてに出て待つことになる。

四

酒が上質だった所為《せい》か、仮眠といっても心地よい眠りが得られた。

「もうし。起きてくださいまし」

深夜で外はまだ暗い。

熱いお茶漬けが用意されていた。

「ようし」

松次郎は張り切り、

「榊原さま。本当に申しわけございません、ご無理を願い立ていたしまして」

蔦屋善兵衛は、その時が来るといよいよ真吾に恐縮の態《てい》となった。浪人とはいえ武士に棒手振の真似をさせるのだ。

外に出た。善兵衛と番頭は羽織・袴を着《つ》けている。先導役の手代二人と担ぎ手四人は鉢巻を締め、褌《ふんどし》にそろいの半纏を三尺帯できつく締め、足にはしっかりと草鞋《わらじ》を結んでいる。真吾だけが頰かぶりをしていた。総髪の儒者髷《じゅしゃまげ》を隠すためだ。

街道おもてに出た。そこにも高張提灯が立てられている。街道に出ているのは、蔦屋の者だけではない。見物人もおり、受け渡しの場となる両脇の商舗は玄関に軒提灯を出して明かりを助け、二階からも泊まりの客が身を乗り出して見物している。毎年の行事なのだ。

「来ました、来ましたっ、来ましたあっ」

追分坂《おいわけざか》のほうまで出張っていた蔦屋の丁稚が、叫びながら脱兎《だっと》のごとく闇の街道から明かりの中へ駈け込んできた。

道中は無事だった。

ホッ、ホッ、ホッ、ホッ。

丁稚のあとを追うように、人足たちの掛け声が聞こえてきた。

「おぉお、来た、来た、来た」

待つ者の中から声が上がる。

蔦屋の者が迎えるように進み出て、一緒に走りながら鮎籠《あゆかご》を点検し、さらに走り寄った者がその籠に水をかける。

「おうっとっとっと」

揺れる先頭の天秤棒に肩を入れたのは弥五助である。

「おおぉうっ」

柴崎村から走ってきた人足は軽くなった肩に、かえって均衡を崩したか脇へヨロヨロと倒れ込むのを、すかさず蔦屋の者が両脇から支える。

両天秤の鮎籠はまったく地につけられることなく、天秤棒ごと新たな担ぎ手の肩に移り、

「頼みましたぞうっ」

蔦屋善兵衛の声を受け、走りはじめる。先導の手代二人は提灯の灯りとともにすでに前方を走っている。

両脇の見物人からも、

「おぉお！」

感嘆の声が上がる。すぐ近くの妓楼や旅籠にきょうのこの日、たまたま泊まり込んだ客たちは大喜びで二階は格好の桟敷《さじき》となり、客に混じって妓《おんな》たちの黄色い歓声も上がる。これもまた例年のことで、まさに見物《みもの》なのだ。鮎の点検が走りながらであれば担ぎ手の交替にも籠尻《かごじり》を地につけない。鮮魚を扱う男たちの心意気だ。その気風《きっぷ》が見物人たちにはたまらない。溜息が自然に出れば拍手も出る。

二番手は杢之助だった。籠を落とさぬよう両脇から蔦屋の者が手を差し伸べようとしたが、かつて挟箱《はさみばこ》を肩に東海道を走っていたのだ。手を出す必要はなかった。

「ほうっ、ほうっ、ほうっ」

天秤棒を肩に走り出したその姿に、

「さすが！」

蔦屋の番頭は声を洩らした。

三番手に榊原真吾が入った。剣術で鍛えた足腰である。肩を入れるとき番頭がピタリとついた。揺れる天秤棒に素早く木刀を一振り添えたのだ。

殿《しんがり》は担ぎに慣れている松次郎である。

「行くぜえっ」

鋳掛の触売《ふれうり》で鍛えた声をあたりに響かせた。

「おおぉぉっ」

周囲は歓声で応じた。

丁稚が二人、提灯を手にあとへつづいた。羽織・袴の蔦屋善兵衛と番頭は、遠ざかる掛け声と提灯の灯りに深々と頭を下げていた。まだ東の空に明ける気配はない。鮎道中が四ツ谷御門に駈け込むころに白みはじめるであろう。

塩町から左門町と麦ヤ横丁、忍原横丁にかけて、沿道にはチラホラと人の影が出ている。竹五郎が左門町の木戸を開け、清次が両隣や向かいの町にも木戸を開けるよう依頼したのだ。志乃におミネ、一膳飯屋のかみさんがぶら提灯を手に出ている。他にも提灯の灯りが見える。

「おっ母ア、もうすぐだよねえ」

太一も出ている。手習い処の手習い子たちも、

「あっ、一ちゃん。こっち、こっち」

と、夜中に起きて外へ出るのが嬉しいのか、数人が街道をあちらこちらに走っている。片割れ月夜で人影だけが闇へ滲《にじ》むように見える。

動く影はない。静まり返っている。さすがは岡っ引で、深夜に人の気配を探るのにも街道を歩いたりはしない。枝道から枝道へと身を隠しながら、街道への出口を背後から探っている。鮎道中を襲うなら、街道に面したいずれかの角に潜むはずだ。物盗りより容易だ。物陰から飛び出して体当たりし、鮎籠を地面にひっくり返し、闇へサッと駈け込めばよい。防ぎ、かつ一人を押さえるには、事前に影を捉《とら》え、動くと同時に飛び出し、目星をつけた一人を組み打てばよい。それでも人足に体当たりしようとする者がいても、榊原真吾が木刀で叩き伏せるだろう。

場所は……もちろん源造にぬかりはない。あらかじめ自分が襲う気になって、数人で身を潜められそうなところに見当をつけている。

「おっ、いやがったぜ」

胸中に声を上げ、

(野郎、ふざけやがって)

憤慨したのは、麴町《こうじちょう》の角だった。麴町は街道に面し、そこから北方向への枝道を入ったところが御簞笥町なのだ。縄張内というより、源造の塒《ねぐら》の目と鼻の先で襲おうとしているのだ。

「なめやがって！」

飛びかかろうと一瞬動いた足を源造はこらえ、背後の物陰から対手《あいて》の人数を読んだ。影はときおり、うかがうように街道へ出る。読みやすかった。

（三人）

片割れ月夜に浮かぶうしろ姿で確認はできないが、いずれも見知らぬ、

（余所者《よそ》）

たちのようだ。源造の怒りは倍加した。

（ククッ。榊原の旦那、早く来てくだせえっ。バンモクに松よ、待ってるぜ、俺がよ）

胸中に呟《つぶや》いた。影の一人が、また街道に出て戻ってきた。

ホッ、ホッ、ホッ。

先導の提灯二張《ふたはり》が大木戸の石畳を踏んだ。天秤棒の四人も掛け声とともにつぎつぎとつづき、殿の丁稚たちの二張も石垣のあいだを過ぎた。

すでに江戸府内、塩町である。人影が出ている。提灯の灯りもある。

「いよーっ、蔦屋！」

「お師匠ーっ」

清次が木戸番小屋だけでなく、同業の店にも声をかけていたのだ。大人の声に混じって子供の声もあるのは、このあたりからも手習い子が通っているからだ。

激しく揺れる二つの提灯が、左門町に入った。向かいは麦ヤ横丁だ。

「おーっ、来た、来た！」

人出がもうまばらではなくなっている。ここまで来ると、清次よりも一膳飯屋のかみさんの威力がモノを言う。

「榊原さまーっ」

若い娘の声だ。

「杢さーん、松つぁーん」

杢之助や松次郎の名を呼ぶのは、一膳飯屋のかみさんだ。清次に志乃やおミネは、歩調に合わせて提灯を振っている。

「杢のおじちゃーん」

「お師匠さまーっ」

太一にもう一人の町内の子供が、天秤棒と一緒に走り出した。竹五郎が慌てて追いかけ、

「あっちは暗いや、行っちゃいけないよ」

二人をつかまえた。事情を知っているのだ。清次も提灯を手に追いかけてきた。

一行は通り過ぎた。

忍原横丁からも人が出ている。

そこを過ぎれば人影はない。

小さく遠ざかる提灯の灯りに、

(大丈夫か)

清次は心中に声を投げた。

両脇はふたたび深夜のたたずまいとなっている。

ホッ、ホッ、ホッ。

(困った)

杢之助の胸中にながれている。沿道の物陰から走り出てくるのが一人なら源造だけで間に合う。もし数名ならすぐさま鮎籠を地に置き腰を沈め、必殺の足技で迎え撃つ算段だった。広い街道の真ん中を走っている。いきなり飛び出してきても杢之助にとっては不意打ちにはならない。構える余裕はある。

だがさきほど、内藤新宿で鮮魚を扱う男たちの心意気を感じたのは、見物人たちだけではない。杢之助もそうだったのだ。

（籠尻を地につけちゃいけねえ）

思いは乗り移っていた。地につければ、きのう夜更けてから玉川に鮎を獲った漁師たち、それを夜っぴて運んできた男たちの気風《きっぷ》を半分汚してしまうことになる。だからといって天秤棒を担いだまま、一匹も落とさず襲ってくる対手に必殺の足技を見舞うのは不可能だ。

ホッ、ホッ、ホッ。

走りながら、その迷いは榊原真吾もそっくりおなじであった。

（武士道ならず、それが職人道）

感じている。同様に、天秤棒を肩に木刀の打ち込みを賊に見舞うことはできない。

その懸念は、先導する二人の手代にも共通していた。

「おっ」

源造は息をとめた。前方の三人の影が、飛び出す構えをとったのだ。そやつらの目は、西手方向に激しく揺れる二つの提灯の灯りを捉えていた。影の動きで、背後からもそれは分かる。

（待ってたぜ、この時を！）

源造は胸中に唸った。

五

ホッ、ホッ、ホッ。

（襲ってくるなら、このあたり）

先導の手代から後尾を走る丁稚まで、その思いを一歩ごとに強めている。棒手振の順番が変わっている。先頭を榊原真吾が走り、そのうしろに日々行商の弥五助、つぎに杢之助、最後尾に松次郎がつづいている。真吾が立てた策だ。走りながら先導の手代を呼び、その陣形をととのえたのだ。手代二人は先導というよりも、ほぼ真吾に伴走する形に歩を踏んでいる。殿《しんがり》の丁稚二人もおなじように松次郎についた。

「来い、来い、来いよ」

松次郎の掛け声だ。

ホッ、ホッ、ホッ。

まだ眠っている街道に二種類の掛け声が重なっている。

潜む三人の男たちの目に提灯の灯りだけでなく、灯りを持つ者の影も見えてきた。

みるみる輪郭は近づき、掛け声まで聞こえはじめ、

（ううっ。さあ、行くのだ！）

枝道に距離を縮めた源造は腹から呻《うめ》き、男たちの背を押した。三人が棍棒を持っているのまで見える。

「ふん」

源造はせせら嗤《わら》った。自分は素手だが、背後から飛びかかるのだから脅威にはならない。

走る一同の掛け声に乱れはない。異なっているとすれば〝ホッ、ホッ〟と〝来い、来い〟が重なっていることくらいか。そのなかに、

「うっ！」

感じたのは杢之助と真吾が同時であった。物陰に動きがあった。走り出た。先導の手代二人も気づいた。手代たちは足がもつれるように、乱れたのではない。きびすを返した。

「おうっ」

真吾が両脇の手代たちに頷《うなず》いた。

突進する三人は分担を決めたか、先頭の真吾、二番手の弥五助、三番手の杢之助に向かっている。最後尾の松次郎は、

「おぉぉう、来やがったい！」

声を出す余裕があった。丁稚二人も同様だった。

「さあ、松次郎さん！」

絞り出した声に、

「待ちやがれーっ」

飛び出た賊三人の背後だった。丁稚たちの声に源造のだみ声ではない、雄叫《おたけ》びが重なった。賊たちにとっては思いもかけない背後からの叫びである。一様に、

「ううっ？」

足を乱した。

鮎道中の一行にはさらに余裕ができた。

「かまわねえっ、行け！」

「おぉーっ」

賊たちのなかからも声が立ったが、

「おぉっ？」

三人目の声は明らかにひるみを見せていた。手代の一人が素早く真吾の天秤棒に肩を入れ、もう一人がよろめかぬように支え、真吾は向かってくる賊へすでに腰を落としていた。最後尾の松次郎は、二人の丁稚が前後の鮎籠を抱え持つなか、軽くなった天秤棒を器用に、

「おうっ」

紐《ひも》から外した。

その目の前では、

「許さねえぜっ」

源造が榊原真吾に向かった賊の背に飛びかかり、

「うあっ」

もつれ合って地面に倒れ込むのと、真吾が弥五助に向かった賊に踏み込み、木刀を上段から振り下ろし、

グキッ、

肩の骨を砕くのとが同時だった。手代や丁稚が投げ捨てたぶら提灯が地面でメラメラと燃え、それらの光景を闇に浮かび上がらせ、

「うお、うおっ」

弥五助は天秤棒の前後の紐を握り締め、足を脇へ逃げるようによろめかせた。迫ってくる賊に杢之助が天秤棒の紐を握ったまま、

（まずいっ）

思ったときだった。

「来やがれーっ」

松次郎が天秤棒を下からすくい上げるように、向かってきた賊の胴に打ち込んだ。身を打つ鈍い音とともに、

「うぐっ」

賊の男はよろめいた。いずれも着流しの尻端折《しりはしより》に手拭《てぬぐい》で頬かぶりをしている。源造が組み伏せた男の肩からも、

――バキッ

みょうな音がし、

「うううっ」

男は呻き、対手をはねのける力を失った。

「行ってくだせえっ、あとはお任せを！」

源造は男を地面に組み伏せたまま、まだ燃えている提灯の明かりに叫んだ。

「源造親分！」

「恩に着ますっ」

手代二人が返し、

「さあ、お願いいたします。灯りはありませんが、もうすぐ夜が明けます」

「おぉう」

松次郎が呆然とする賊の首筋へ再度天秤棒を見舞い、

「さあ、紐をかけなっ」

鮎籠を抱え持っている丁稚二人に声を投げた。

「は、はい」

足をすくませていた丁稚たちは動きを取り戻した。

ホッ、ホッ、ホッ。

鮎道中は動き出した。提灯がなくなった分、手代二人は掛け声を大きくした。前方に大きな暗い空洞が広がっているのは、江戸城外濠の空間である。

「野郎！　許さねえぞっ」

「ううっ」

源造はなおも男を組み伏せている。男は肩を外したようだ。呻きが痛そうだ。もう一人は肩を押さえよろよろと立ち上がったが、

「どうしたっ、何かあったのか！」

騒ぎ声に寝巻き姿のまま出てきた数人の町の者に、

「おう、そやつを捕まえろ」

「あっ、その声は源造さん！」

たちまち取り押さえられた。逃げるに逃げられない。肩の骨を木刀で砕かれているのだ。松次郎の天秤棒に打ち据えられた男は棍棒を落とし、あちこちをさすりながら闇の中へまぎれ込んだようだ。

そこを過ぎ去った一行は、

ホウッ、ホウッ、ホウッ。

外濠の往還に入った。甲州街道は外濠に突き当たり、左に曲がると昼間ならすぐ右手に四ツ谷御門の石垣と枡形《ますがた》門の白壁が見える。きょうはまだ日の出前というのに重厚な門扉《もんぴ》が開かれ、篝火《かがりび》が二架、門外に出されあたりを照らしている。周囲に人の影も見える。

東の空がわずかに明るみはじめた。橋に踏み込んだ。一行の足音が乱れぬ掛け声とともに大きく響く。

「初あゆーっ、蔦屋にございますーっ」

手代の叫び声に城門前で、

「おおうっ、通れーっ」

門番は返し、先導する御膳奉行の役人たちが絞り袴にたすき掛けの出《い》で立ちでばらばらと姿を見せ、一行が城門に達するのを待ち構え、

「おおう、参れっ」

松明《たいまつ》を先頭に手代たちの前面を走りはじめた。そこはもう城内である。

六

ザザザザーッ。

「右に左に天秤棒を振りまわし」

ザブザブ、ジャーッ。

「一人は胴に、一人は腰に……」

飛沫《しぶき》を上げ頭から湯をかぶっている。左門町の湯屋だ。明けのカラスがカアーと鳴けば湯に走り、夕のカラスがカアーでまたひとつ風呂浴び一日の汗と土ぼこりを流すのが、江戸の職人たちの日常で、また最高の贅沢《ぜいたく》である。いつもは朝湯に浸からず仕事に出かける松次郎だが、この日ばかりは別である。

「それで、松よ。襲ってきたそいつらはどうしたい。自身番かい」

町内の職人たちが数人、湯の中で松次郎を囲んでいる。

町駕籠が四ツ谷御門まで迎えに来ていたのは、蔦屋の配慮であった。手代二人はまだ江戸城内の台所方に残っている。

榊原真吾はきょうも一日、念のためと蔦屋に用心棒を頼まれ、その駕籠は丁稚二人を供に大木戸を抜けていき、手習い処では古着商いの栄屋藤兵衛が代講し、算盤《そろばん》を教える手筈になっている。

ザザザーッ。

「自身番？　そんなの知るかい。御簞笥町の源造に訊いてみな。俺たちはともかく将軍さま献上の品よ、日の出前にゃ届けなきゃならねえ。もう、走った、走った」

「そうかい、そうかい。で、杢さんはどうしたい」

「そうよ、それが心配だぜ。元飛脚ってのは聞いてるが、なにぶんあの歳だ」

「あ、ちゃんと俺について走ってきたがね。いま番小屋でへたばってらあ」

松次郎の弁は半分合っている。

「もお、みんな心配してたんだから。杢さん、五体がバラバラになってしまわないかって」

うつ伏せになった杢之助の足を、おミネが上がり込んで揉みほぐしていた。駕籠で左門町に帰ってきたとき、

「——ちょいと汗を流してくらあ。杢さん、一緒にどうだい」

松次郎が言ったのへ、

「——あとで行くよ」

杢之助はすり切れ畳へドタリと横になった。もちろん疲れていた所為《せい》もあるが、それよりも、

(——松つぁんはきっと自慢話に花を咲かせるはず)

遠慮したのだ。

だが、

「危ういところを松つぁんの天秤棒に助けられてなあ」

おミネに話していた。事実なのだ。

「お師匠だけでなく、松つぁんも大手柄だったのね。あのあと清次旦那が心配して追いかけていったのだけど、しばらくしてから無事だったって帰ってきなさった。あたしたち、もう安心して。あら、寝てしまったの」

おミネの揉み療治が心地よかったのか、それとも元飛脚とはいえ榊原真吾や松次郎と違って歳なのか、本当に杢之助は寝入ってしまった。まだ、おもては朝のうちである。

「いなさるかい」

と、清次が木戸番小屋の腰高障子に音を立てたのは、杢之助も湯に浸かって一息ついた午《ひる》すこし前のころであった。きょうは町内の者がみな気遣って買い物にも来ず、一膳飯屋のかみさんも下駄の音を響かせていない。揉み療治のおミネを除いて、清次がきょう最初の来客である。その清次も三和土に立ったまま、

「その後、麴町の自身番からなにか言ってきませんか。源造さんも来ていねえようだし……」

気になるのだろう。清次は源造が、寝巻き姿の町の者と、賊の二人を麴町の自身番に引き立てていくのを見ている。背後の障子戸は、昼間だからいつものように開けた

ままにしている。

「それよ。儂《わし》も気になっているが、そのうち源造さんが何か知らせに来るだろうよ」

言いながら杢之助は仰向けに寝ていた身を起こし、

「それにしても清次よ。おめえが表立って動かなかったのはよかったぜ」

「へえ、まあ。動かねえのも辛いもので」

「ふふ。おめえにはあくまで、ただの居酒屋の亭主でいてもらいてえからなあ。ま、おめえも見たろう。儂と弥五助どんは何もしなかった。八丁堀が麴町の自身番に来たって、参考に呼ばれるのは松つぁんと榊原さまだけだろう。源造の口利きで奉行所から褒美が出るかもしれねえぜ」

「そうなればよろしいのですが」

「ともかく源造からの連絡を待とうや。ここまで騒ぎになるのを押さえ込んだのだ。こっちから動きを見せるのは禁物だ」

「へえ、そのように」

清次もこの時刻、長居はできない。もうすぐ昼の客で清次の居酒屋は一膳飯屋と同様、けっこう混むのだ。

清次は腰高障子を閉め、おもての店に戻った。杢之助はまた一人になり、笑みを浮かべながらゴロリと横になった。きょうかあすにでも、自身番に呼ばれた松次郎が、身振り手振りで奉行所の同心に未明の活劇を話す光景を想像したのだ。

午後になると、荒物の買い物客がチラホラと来はじめた。麹町で活劇のあったことは、すでに湯屋から町中にながれている。

案の定だった。太一がそろそろ手習い処から戻ってくるかという時分、けたたましい下駄の音が腰高障子の外に響いた。一膳飯屋も昼の客が一段落つき、それを待ちかねていたような音であった。

「ねえねえ、杢さん。聞いたけどさ、襲われたってほんとなの!」

腰高障子を引き開けるなり言う。

「あゝ、松つぁんの話のとおりさ。儂はなんにもできなかった。松つぁんと榊原さまが大活躍さ」

「えぇ！　やっぱり本当なんだ。で、松つぁんいまどこに！　暴れ込んだのってどんなやつらで、そのあとどうなったのさ」

「松つぁんに訊きなよ。さっき内藤新宿へ仕事に行ったけど。そのうち、朝から行ってる竹さんと一緒に帰ってくるだろうよ」

話しているところへ、

かったなさらな「杢のおじちゃーん」

太一が走り込んできた。かみさんの話し相手は俄然太一に移った。

「一ちゃん、一ちゃん。いまお師匠、手習い処にいなさる？　なにか言ってなさらなかった？」

「いいや。きょうは栄屋の藤兵衛旦那が算盤いっぱい見てくれたよ」

言うと、

「おっ母ア、手伝ってくらあ」

手習い道具をすり切れ畳の隅に放り置くと、すぐまた跳び出ていった。

「んもう」

一膳飯屋のかみさんはじれったそうに足を踏み鳴らし、敷居を外にまたいだ。障子戸を閉めようとするのへ、

「あ、おかみさん。街道筋からなにか伝わってきたなら教えてくんねえ」

「あゝ」

一膳飯屋のかみさんは気落ちしたように障子戸を外から閉めた。実際に、訊きたいのは杢之助のほうなのだ。その後、清次の居酒屋にも麴町方面から、新たな捕物の噂は入っていない。あのあと、源造は捕えた二人を締め上げ、逃げた一人の探索に走っ

ているはずだ。

気になる噂が一つだけあった。午《ひる》すぎ、お茶を一杯とおもての軒端《のきば》に出している縁台に座った馬子が話したのだ。麴町の自身番に二本差しが二人、入ったというのだ。羽織・袴の歴とした身なりで、

「——町の自身番に侍など珍しいからなあ。見たのは入るとこだけさ」

馬子の話したのはそれだけだった。志乃が店の合間をぬって伝えに来たのだが、清次も首をかしげていたという。

町の無頼と、歴とした武士……結びつかない。杢之助は麴町までようすを見に行こうかと思ったが控えた。

源造が来るのを……待った。

来ない。

太陽が西の空に大きくかたむいた時分、

「おおう、帰《けえ》ったぜ」

腰高障子の向こうに松次郎の声が響き、つづいて竹五郎の影も立った。

「へへ、何事もなかったぜ。榊原の旦那ももう麦ヤ横丁に帰りなすった」

得意気に言う松次郎に、

「鳴水屋はいつものとおり商舗《みせ》を開けてたが、まあ静かだったなあ」

竹五郎がつないだ。

事の失敗に、鳴水屋は音無しの構えを決め込んでいるようだ。だが、四ツ谷麹町の一件が明らかになれば、内藤新宿の町役たちは黙っていないだろう。蔦屋が中心になり、鳴水屋に制裁を課すはずだ。あるじの玉充郎はお上に引かれ、場合によっては打首だってあり得る。未遂となったが、襲ったのは将軍家への献上品なのだ。

陽が落ちた。清次の居酒屋では、この時分に昼間の飯屋から文字通り居酒屋に変貌する。場所柄、一日の仕事を終えた職人やお店者《たなもの》の客も入るが、これから内藤新宿に繰り出す前に軽く一杯といった客も来る。酌み交わしながら、そこに町の噂話も飛び交う。

清次が冷《ひや》のチロリを提げ、木戸番小屋の腰高障子を音もなく開けたのは、それらの客が引けた五ツ（およそ午後八時）ごろだった。

「おう、清次。入んねえ」

杢之助は待っていた。

「ですが、杢之助さん」

すり切れ畳に上がる清次に元気はなかった。

油皿に灯芯一本の炎が小さく揺れた。きょう一日、風がなかったのはさいわいだったが、空気がなにやら生ぬるく、それは夜となったいまもつづき、空に星も片割れ月もなく、

「あしたは降るかもしれねえなあ。で、なにか入ったかい」

「それが、なにも」

清次は言い、杢之助の湯呑みにチロリの冷酒をそそいだ。杢之助はそれを一気に飲むと、

「ふーむ」

吐息をつき、

「おかしいぜ。こいつはどうやら、麴町の町役たちが住人に口止めしたのかもしれねえ。なにしろ将軍家だ。おもてになりゃあ、八丁堀だけじゃねえ。お城から目付のお侍衆も出てくる」

「へえ。あっしもそう思いやして」

奉行所や城内の役人が探索に来たなら、町にとっては大事《おおごと》だ。左門町はそれを免れたが、役人が探索に出張ってくればその町の自身番が詰所となり、役人たちの飲み喰いから探索手伝いの人足も、すべて町の持ち出しとなるのだ。町の行政を支えている

地主や大店のあるじなどはたまったものではない。

李之助と清次は顔を見合わせた。

(だから……隠蔽《いんぺい》)

考えられる。

「それにしては……」

「そうだ。源造は黙っていまいよ」

「そのとおりで」

清次は頷いた。

しかし、その源造から音沙汰がない。

「ここで愚痴《ぐち》ってても仕方あるめえ。ともかく、待とう。おめえ、動かぬクモの巣になっていろ。それがいまは一番だ」

「へえ。動かねえとは、やはり辛いもので……」

清次は腰を上げた。

音もなく閉められた腰高障子に、李之助は視線をながし、

「因果なものだぜ、儂もおめえもなあ」

低く呟《つぶや》いた。

風がない。

木戸番小屋から提灯の灯りが出た。

「火のーよーじん」

拍子木の音が左門町の通りに響いた。

昨夜、身近に聞いた天龍寺の打つ夜四ツ（およそ午後十時）の鐘が、そろそろ聞こえてくる時分だ。木戸を閉める時刻である。

拍子木を打った。あまりいい音が出なかった。

（まだ終わっちゃいねえ。なにかが蠢《うごめ》いていやがる）

胸中に込み上げるものがある。鮎は無事に江戸城へ入ったものの、その後の始末がまだ何一つ終わっていないのだ。そこに何が、どう動いているのか……。

「危ねえ」

腹の底に、小さく呟いた。

黒幕始末

一

きのうは夕刻になってからの曇り空が夜になっても去らず、生暖かさを感じるなかに木戸を閉めたのだったが、

（降るかのう）

（はて、もう朝か）

雨の音で目がさめた。

腰高障子はまだ明るさを映していないが、体はもう夜明けの明け六ツである。

「きのうでよかったわい」

呟《つぶや》きながら身を起こした。二日前のいまごろは、麴町《こうじちょう》での騒ぎを経て江戸城外濠《そとぼり》の四ツ谷御門に駈け込んだところだった。

（蔦屋さんが運に恵まれていなさったということか）

杢之助も当事者であってみれば、ホッとしたものを感じるものの、

（事態はまだ、終わっちゃいねえ）

のだ。

激しい降りようではないが、午《ひる》を過ぎても熄《や》む気配はなかった。このような日、江戸中の動きは停滞する。街道に大八車も荷馬も通らず、ときおり見かける笠や蓑《みの》の影は、よほど急ぎの用事でもあるのだろう。左門町の通りにも人影はなく、荒物も隅に積んだままで並べていない。湿り気を帯びたすり切れ畳が、無表情に広く感じる。威勢がいいのは、

「思わぬ給金が入ったしよ、こいつはちょうどいい具合だぜ」

と、朝から裸足《はだし》で笠を頭に、左門町の通りにある湯屋へ駈けていった松次郎くらいであろうか。竹五郎も、

「きょうは松つぁんのおごりでねえ」

と、一緒だった。出職《でじょく》の職人や外商《そとあきな》いの者で、こうした日は湯屋が混む。

ザザザーッ。

派手に湯音を立てながら、

「打ち倒しては蹴っ飛ばし、呻《うめ》く賊に容赦はせず、さらに天秤棒を振り上げ……」

松次郎は張りのある声で、もう何度繰り返しているだろうか。

「で、松よ。賊は何十人だったんだい」

からかいの声も飛んでいよう。

杢之助は湯舟のようすを目に浮かべ頬をゆるめたが、

（いったい、なにが背後に……）

思い悩む色は顔から消えなかった。

「おっ」

大の字から上体を起こしたのは、

（太一の足音ではないが）

手習い処の終わる昼八ツ（およそ午後二時）がすでに過ぎている時分だった。どうやら太一は泥足を気遣ってか木戸番小屋には戻らず、直接おもての居酒屋に入ったようだ。といってもきょうは暇で、清次から包丁の手ほどきを受けているのかもしれない。もう十一歳であれば、

（いずれかへ奉公を……）

考えてもおかしくはない。それをおミネがなかなか切り出さないのは、子を思って

悩む母心の常であろう。

(ならば、儂《わし》から切り出してやろうか)

今年になってから、杢之助はときおり思うようになっている。だが思うだけでなかなか口に出せないのは、やはりおミネに似た気持ちが自分にもあるのを、杢之助は自覚している。

泥水を踏む足音に一瞬それらが脳裡をよぎったが、

(もしや源造!)

現実の念にすぐさま戻った。

「おう、いるかい」

聞こえたのは果たして源造のだみ声だった。

「入んねえ」

「おう」

湿った腰高障子に音はにぶく、

「そこに桶があらあ、雑巾《ぞうきん》も」

「すまねえなあ、こんな日によ」

ようすがいつもと違う。民家でも商舗でも、必需品として玄関の土間に水を張った桶か盥《たらい》を出している。下駄では間に合わないほど往還はぬかるみ、人はみな裸足《はだし》で歩いている。

「街道はすっかり泥の川だぜ」

言いながら源造は笠と桐油合羽《とうゆがっぱ》をはずして脇に置き、尻端折の腰をすり切れ畳に据え、くるぶしまで泥にまみれた足を桶につけた。ふところに雪駄も下駄も入れていないのは、出るときから裸足だったようだ。

(ここへ来るために源造は雨の中を……)

緊張を覚える。まっさきに訊《き》きたいのを堪《こら》え、

「どうしたね。こんな天気に宿《しゅく》の蔦屋さんへでも行ってたのかい」

「くそーっ」

まるで杢之助の言葉を聞いていなかったように、源造は雑巾で足を拭きながら独り言のように吐いた。

「上がんねえよ」

杢之助は胡坐《あぐら》のまま腰を奥へ引いた。

「おう」

源造は強張《こわば》った表情で応じた。荒物が出ていないこともあろうが、左門町の木戸番

小屋に上がり込み、胡坐を組んで杢之助と向かい合うのは初めてのことである。

「どうしたい、源造さん。いつものあんたらしくないじゃないか」

「くーっ」

誘いかけるように言う杢之助に、源造は両手の拳《こぶし》を握り締め、

「バンモク、聞けよっ」

「だから、何をだね」

「くくっ」

源造はまた唸り、

「俺よ、走ったぜ。きのう、呉服橋御門まで」

北町奉行所だ。

「二度もだ。それですっかり遅くなっちまってよ。御箪笥町に戻ったのがもう真夜中さ。それで夜が明けたらここへ走って来ようと思ってよ。ところが朝から雨だ。熄むのを待ったが、その気配もねえ。腹の虫も収まらねえ。仕方がねえから笠と合羽をひっかけてよ」

話しながら、源造はしだいに興奮の口調になってくる。太い眉毛は動いておらず、代わりに両の拳を震わせていた。

「だから源造さん。いってえ何があったんだい。こっちはおかげで無事四ツ谷御門に走り込んで、役目を終えさせてもらったんだがなあ」

「あ、それは俺も聞いて知ってる。よ、よ、よかったじゃねえか。そ、それだけが救いよ。だがよ」

言いかけ、源造は憤懣やる方ないようすで大きく吐息をついた。

「何かあったようだなあ」

杢之助はやわらかい口調をつくった。

「あ、あった。あったとも。あのあとよ」

源造はあらためて話しはじめた。

「とっ捕まえたあの二人、麴町の自身番へ引いたさ。奥の板敷きにつないで、名や素性を吐かせようとしたのよ。もちろんうしろ手に縛ってよ」

木戸番小屋は木戸番人が寝起きするだけの部屋しかないが、自身番には町役《ちょうやく》や書役《かきやく》が常時詰める部屋のほか、奥に三畳ほどの板張りで板壁の部屋があり、柱に鉄の鐶《かん》が取り付けてある。町内で怪しい者を捕まえたとき、奉行所の役人が駈けつけるまで縛った縄尻をつないでおくためである。

「野郎どもめ、畏《おそ》れ入って名も素性も、逃げたやつの塒《ねぐら》もすぐ吐くかと思ったら、まったく黙《だん》まりを決め込みやがったぜ。それがまたふてぶてしい態度でよ。俺ア、よっぽど牢問《ろうとい》にかけてやろうかと思ったぜ」

「まさか源造さん、それを」

李之助は身を乗り出した。

「できるわけねえだろえ」

源造は怒りよりも悔しさを顕《あらわ》にしている。牢問とは、牢屋での拷問で、それができるのは同心だけである。同心から手札をもらって耳役をしているだけの岡っ引に許されることではない。もしやったなら、たちまち手札を取り上げられ、下手《へた》をすれば自分のほうが牢送りになってしまう。実際にそのような例もあるのだ。

板壁の鐶につながれた二人は、それを熟知しているようだ。

「あいつら、ぬかしやがったぜ」

一人は真吾の木刀に肩を砕かれている。

「──ううっ」

痛さを懸命に堪《こら》えながら、

「──お、俺を木刀で打ちやがったやつ。名を言え！　くそーっ、ううっ。あの野郎の太刀風《たちかぜ》、町人じゃねえ。侍《さむらい》だろう」

「——へへん、おめえら。俺たちを早く放しやがれっ。ためにならねえぜ」

もう一人も言ったという。時間を考えれば、すでに鮎道中の一行は鮎籠《あゆかご》を城内の御膳所台所頭《ぜんしょだいどころがしら》に引渡し、杢之助も真吾も、松次郎に弥五助も、蔦屋の手配した町駕籠で引き揚げていたころのようだ。あるいは、松次郎がすでに湯音も派手に〝武勇譚〟を吹いていたころかもしれない。

その二人の態度に、源造は町家の与太とは異質のものを感じとっていた。一緒に二人を自身番に引いた麴町の町役たちもそれを感じ、そっと源造の袖《そで》を引いた。

(——武家屋敷の中間《ちゅうげん》か、それとも足軽……)

だとすれば、根は複雑というよりも、ことさら面倒なことになる。

「——おう。だったら俺がひとっ走り、奉行所に行って同心の旦那を呼んでくらあ。それまでこいつら、しっかりつないでおいてくんねえ」

町役たちに言うと、源造は呉服橋御門に走った。

同心に事情を話し、走り戻ってみると、

「くそーっ」

木戸番小屋のすり切れ畳の上で、源造はまた拳を震わせた。

「板敷きの環がよ、空になってやがるのよ」

「逃げた？　町役さんたちが見張っていたのだろう」

「それよ、くそーっ。武士が二人、来たって町役どもがぬかしやがるのよ」

源造は話しながら悔しさを隠さなかった。きのう午《ひる》ごろ、清次の居酒屋の縁台に座った馬子が言っていた〝麴町の自身番に二本差しが二人〟というのがそれであろう。

杢之助は内心頷《うなず》いた。

「――いまこちらにわが屋敷の者が二名、留め置かれていると聞く。いかなる所業があったかは屋敷において吟味するゆえ」

と、引き取って帰ったという。

「――われら旗本四百石、朽木虎次郎《くちきとらじろう》の屋敷の者にて……」

武士二名は名乗ったらしい。屋敷は牛込《うしごめ》御門外だという。なるほど牛込御門の一帯には四百石、五百石級の旗本屋敷がつらなっている。それに、四ツ谷御門から牛込御門まで、そう遠くはない。四ツ谷御門から四ツ谷大木戸までよりも、多少は距離があろうかという道のりだ。逃げた一人が屋敷に走って急を告げ、用人か若党が出張ってきたものと思われる。だとすれば、事件はますます武家がらみとなる。だが、四百石の旗本・朽木虎次郎といわれても、源造は知らない。

「――源造さん、相手はお武家だ。鮎が街道に散乱したわけでもなかろう。ここは

「一つ穏便に」

町役たちは源造をなだめ、そっと袖におひねりを入れた。三両だった。商家でたとえ大店《おおだな》でも、町の岡っ引に包むには大金である。源造は引き下がった。三両の故《ゆえ》ではない。奉行所から町の行政を預かっているのは、大店や地主など、自身番の費用を出している町役たちなのだ。同心の私的な耳役に過ぎない岡っ引に、町役に対する強制力はない。あるとすれば、同心とのつながりを背景に便宜を図ったり口利きをしてやるときに、肩をいからせ居丈高《いたけだか》になったりする程度である。

町役たちにすれば、武家が出てきて面倒になることを思えば、安い出費だ。すでに住人たちに口止めまでしていた。

源造はふたたび呉服橋御門の北町奉行所に走った。町役たちとのやりとりに時間をとり、すでに夕刻に近い時分となっていた。事件とするには、奉行所から柳営（幕府）の目付《めつけ》に筋をとおす以外にない。

だが源造は、奉行所で思いもかけないことを聞かされた。

「――おまえの報告なあ、もういい。終わったのだ」

同心は言った。

「――ど、どういうことですかい！　今朝のことですぜ！」

源造は喰い下がろうとしたが、なにしろ手札をもらっている相手である。強くは出られない。同心は源造を奉行所の廊下の隅に呼び、

「――実はなあ、源造……」

理由《わけ》を話しただけでも、好意的と思わなければならない。

「――お奉行へ、柳営のお目付から連絡があったのだ」

同心は、声を低めた。源造が夕刻近く奉行所に走り込んだ少し前のことだったらしい。大名家は大目付が監督し、旗本の取り締まりは目付の領分である。そこへ御膳奉行の四百石旗本・朽木虎次郎から急な報告があったというのだ。

――当屋敷の中間三名が深夜酩酊《めいてい》し、甲州街道四ツ谷付近にて城内御膳所に向かう運び人足と軽い諍《いさか》いを起こしたとの報に接し、当屋敷にて当該《とうがい》三名を糾弾したるところ白状に及びしため、道中に支障なきとのことなれど不届きの所業なれば、早速《さっそく》屋敷内において目付立ち合いにて処断いたしたる段、此《こ》に通知いたしおく
武家の自裁《じさい》である。すでに一件落着し、町方が口出しできるすき間は指一本分もない。しかも朽木虎次郎自身が、三人いる膳奉行の一人であってみれば、北町奉行は、

「――迅速なるご自裁の段、感服つかまつる」

目付の使者に言ったらしい。

「うーむ」

李之助は唸《うな》った。武家の作法として、理に適《かな》っているのだ。

「お、俺よう。また走ったぜ、牛込御門によう」

源造は言う。牛込御門の近辺は武家地が広がり、四ツ谷ほどではないにしろ町家もある。当然、自身番もあれば一帯を縄張にする岡っ引もいる。

「同業を訪ねてよ、聞き込みを入れたのよ。もう暗くなっていたが、同業は自身番にも近辺の寺にもすぐ当たってくれてよ」

牛込の岡っ引は、源造の悔しさを解したのだろう。

「どうだったい」

「確かに、朽木屋敷で中間が三人、昼間のうちに斬首され、胴と首が離れたまま、無縁寺に投げ込まれたってよ。ええ、バンモク！　どう思うよ」

源造はすり切れ畳を右の拳で叩いた。

「おいおい、よしてくれよ。床が落ちるぜ」

思わず李之助が言ったほど、その強い音には憤激がこもっていた。

「俺よう、あのときうしろから飛びついて組み伏せた野郎の頭を何度も殴りつけ、肩の蝶番《ちょうつがい》まで外してやったさ。榊原の旦那に打たれた野郎など肩の骨を砕かれ、麴町の自身番で俺に悪態をつきながらも顔を歪《ゆが》めてやがった」

「あゝ。松つぁんの天秤棒をくらった男も、痛そうによろけながら逃げていったが」

「その三人、首を打たれたんだぜ。どんな面《つら》で……想像できるかい、ええ」

源造の憤《いきどお》りは、さきほどとは異質のものになっていた。

「捨て駒……か」

杢之助は解した。言った声は湿っていた。なおも降りつづく雨のせいではない。三人は手当てを受けることもなく、〝迅速〟に打たれたのである。

「つまり、源造さん」

源造の厳《いか》つい顔を見つめ、

「その朽木屋敷とやら、手際がよすぎると言いてえのだろう」

「そう、それよ。……だがよ」

源造の表情に、苦渋が滲んでいるのが分かる。太い眉毛も動いていない。少しでも手を入れられるすき間があれば、その眉毛は動くはずだ。

「鳴水屋を締め上げりゃあなにか判るかもしれねえがよ、なにぶん大木戸の向こうの人間だ」

「しかし、捨て駒にされたあの三人のためにも……」

八丁堀の手札は江戸府内でしか威力がない。いつになく肩を落とす源造に杢之助が言いかけたときだった。部屋の櫺子窓《れんじまど》の外に、慌てたように急ぐ足音が立った。櫺子のすき間にチラと見えたが、傘を差し、志乃のようだった。杢之助と源造は話を中断し、腰高障子のほうへ目をやった。

やはりそうだった。清次に言われ物見《ものみ》に来たのではない。物見ならもっと早くに来ているはずだ。

「杢さん、杢さん！」

腰高障子が動くよりも先に、声が入ってきた。

二

「あっ！　源造さん来てらしたんですか⁉」

腰高障子を開けるなり志乃は戸惑った表情を見せ、

「いいんだ。さあ、入りなせえ」

「はい。じゃあ」

杢之助が言うと、

「さっき、きょうはもう暖簾《のれん》を下ろそうとおもてに顔を出すと、蔦屋さんと鳴水屋さんが……」

「なんだと⁉」

源造はすり切れ畳から腰を浮かせた。志乃は足を敷居の外に置き、傘も差したまま顔だけ腰高障子の中に入れている。泥にまみれた足を気遣っているというより、（話を少しでも早く）

その思いのように見える。

「どういうことですかい。落ち着いて、志乃さん」

「はい」

ふたたび話し出した。

「善兵衛旦那と玉充郎旦那が尻端折に裸足で笠を手で支え、街道から麦ヤ横丁へ駈け込んでいくのが見えました。うちの亭主に話すと、早く木戸番小屋にと言って、すぐ飛び出しあとを追っていきました」

「間違《まちげ》えねえんだろうなあ、ご新造さん！」

「だからうちの亭主《ひと》が」

言っているところへ、また泥水をはねる足音が聞こえた。これも尻端折に笠を頭に

かざし、

「おう、志乃」

ぶつかるように志乃を押しのけたのは清次だった。源造も李之助ももう三和土《たたき》に下りかけている。この雨の中に奇妙な組み合わせというほかない。それに麦ヤ横丁といえば、

（手習い処……）

李之助と源造の脳裡に走るが、ますます理由《わけ》が分からなくなる。

「間違いありませんでした、あのお二人に！」

「で、どこへ！」

「手習い処へ、お二人そろって」

「い、いってえこいつは！　ともかく鳴水屋玉充郎が大木戸のこっちに来てやがる。いくぜ！　バンモク」

源造は桐油合羽を引っかけるのも忘れ笠だけを頭に、

「清次旦那にご新造さん、恩に着やすぜ！」

二人のあいだをすり抜けるように飛び出し、李之助も、

「あとで」

清次と目を合わせ、笠を取り源造につづいた。

雨の笠を打つ音が大きく聞こえる。

「俺ア、てっきり蔦屋と鳴水屋が、刃物など持って、雨の中を追っかけっこかと思ったぜ」

「儂もそれを。だが、二人そろって、榊原さまへとは」

「そうよ、それが分からねえ」

走りながら、声が大きくても聞く者はいない。

麦ヤ横丁のぬかるんだ往還にはねを上げ、脇道に入れば手習い処である。

雨戸が一枚開いている。

「ごめんなすって。御箪笥町の源造でござんす」

入るなり源造は足洗いの盥《たらい》にしぶきを上げた。杢之助も、濡れた足跡のある三和土に立ち、

「うっ、これは」

奥に感じた。緊迫がただよっている。応答の声は真吾だったが、

「四ツ谷の源造さん、ちょうどようござんした。一緒に聞いてくださいまし。あっ、こちらは？」

奥の部屋から走り出てきたのは鳴水屋玉充郎だった。〝ちょうどようござんした〟とは、鮎道中の前日、木戸番小屋で蔦屋の番頭が居合わせた源造に言った台詞《せりふ》とおなじだ。それをいま、鳴水屋玉充郎が榊原真吾の手習い処で言っている。

「左門町の木戸番でございます」

「えっ。じゃあ、先日は、とんだご迷惑をっ」

なんと玉充郎は玄関の板敷きにひれ伏したではないか。やはり尋常ではない。背後に榊原真吾と蔦屋善兵衛の顔がのぞいた。

手習い子たちの文机《ふづくえ》を押しのけ五人が円陣模様に胡坐《あぐら》を組んでからも、

「まことにもって、ただただお恥ずかしいしだいにございまして」

鳴水屋玉充郎は平身低頭する。

「つまりだね、杢之助どのに源造さん」

まったく事態が飲み込めない杢之助と源造に、

「鳴水屋さんは、それがしに用心棒を頼む……と」

「そのとおりなんですよ、源造さんに左門町の木戸番さん」

真吾が話し、蔦屋善兵衛があとをつないだ。

「……？」

「すりゃあ、い、いってえどういうこと！」

杢之助はとっさに応じる言葉も浮かばず、源造は蔦屋善兵衛と鳴海屋玉充郎の顔を交互に見た。善兵衛と玉充郎は親子ほど歳の差がある。いまは共に湿った尻端折のままで胡坐を組み、とうてい裕福なお店《たな》の旦那方には見えない。

「もう一度、わたしから話します。四ツ谷の親分も左門町の木戸番さんも聞いてくださいまし」

鳴水屋玉充郎は、源造と杢之助に視線を向けた。

「その日のうちに、あの三人が首を刎《は》ねられたと聞いたときには、もう驚いて立ち上がることもできませんでした。理不尽です、こんなこと。つぎに殺されるのは、このわたし、わたくしなんです！」

しだいに玉充郎の口調は熱を帯び、上体を乗り出し胸をバシバシと叩きはじめた。

「ですから、どうしてそのようなことが」

あまりにも思いがけないことに、杢之助も胡坐のまま上体を前にかたむけ、

（いかん）

すぐ元に戻した。自分はあくまで岡っ引の源造についてきた、足が達者なだけの木戸番人である。さいわい今のところ、蔦屋も鳴水屋もそのように杢之助を見ている。

「わたしから話しましょう」

蔦屋善兵衛が一膝前にすり出た。視線は、榊原真吾と源造へ交互に向けられ、

「悪いのは鳴水屋さんじゃありません」

「なんですと！」

源造は身構え、眉毛を大きく上下させた。

真吾も怪訝《けげん》そうな顔をしている。蔦屋と鳴水屋も足洗いの盥に慌しく水音を立てたばかりで、詳しい経緯《いきさつ》はまだ話していないようだ。

「お城の、御膳奉行の朽木虎次郎さまなのです。御膳奉行はご存じかと思いますが、三人おられます。お三方とも手前どもは代々お付き合いがございまして、そりゃあ費用もかかるものでございます。あっ、これは失礼いたしました。朽木さまのことでございます、今年のはじめ鳴水屋さんを牛込のお屋敷へお呼びになり、話されたそうでございます」

「つい、魔が差したのでございます」

消え入るような声で、鳴水屋玉充郎が接ぎ穂を入れた。

「――鳴水屋、今年はおまえが柳営へ初鮎を献上せぬか」

朽木虎次郎は言ったというのだ。

「御膳奉行さまからさようなことを言われ、わたくしはもう天にも昇る気持ちでございました。それをさらに朽木さまは……」

「――そこでじゃ、鳴水屋。代々つづいた蔦屋の鮎道中に失態があれば、もちろん後を補《おぎな》えるのはおまえしかおらぬ。もちろん、それがしが即座におまえを指名する。おまえはその準備をととのえておくのだ。それに……」

朽木虎次郎はさらに言ったそうな。

「――蔦屋を取り持ってきた筆頭奉行には監督不行き届きの責任を取ってもらい、それがしが後釜につく。そうなれば鳴水屋、大奥へ魚丸餅も取り持ってやろうぞ。大奥出入りを看板にすれば、日本橋や室町、それに深川あたりにも店舗を広げられようかのう」

と。

「わたくしはもう、目が見えなくなりました。そのためには、蔦屋さんの鮎道中が遅れるだけでは足りませぬ。将軍家献上と銘打った鮎が、町家に散乱し泥にまみれなければなりません」

「そのとおりなのです」

蔦屋善兵衛がまた相槌を打ち、鳴水屋玉充郎はつづけた。

「その段取りはすべて朽木さまのご指示に従い、大木戸を入ってからの手段《てだて》には人まで出してくださいました」

「それが、あの三人の中間だったってわけですかい」

源造の眉毛は小刻みに上下している。

「なるほどのう。筆頭御膳奉行の座を狙う旗本に、そなたは踊らされていた」

「はい。まったくもって……」

源造と榊原真吾の問いに、玉充郎は消え入るように肩をすぼめ、

「その三人の中間さんが首を打たれたと聞きましたとき、わたくしはもう……次に秘密を知る者は、このわたくしでございます」

声を詰まらせ、身を震わせはじめた。

部屋の中は、畳もそれぞれの着物も、すべてが湿っている。外には、雨音がなお聞こえる。だが、得心の空気がそこにながれていた。企《くわだ》てが失敗したうえ、中間二人が町方に押さえられたことを知った朽木虎次郎は愕然としただろう。町方に策が露見すれば、朽木虎次郎は切腹、お家は断絶となろう。

「そんなことだったのですかい。つまり、口封じには鳴水屋さんも……と」

源造は呟《つぶや》くように言い、

「非道《ひで》え話じゃねえかい。なあ、バンモクっ」

　横に座している杢之助に顔を向けた。さきほど木戸番小屋で話していた疑問が解けたのだ。さらに、鳴水屋が蔦屋にすべてを打ち明け、おなじ宿場を支える者のあ、うんの呼吸か、

「――ならば鳴水屋さん、榊原さまに頼りなされ」

　善兵衛は言い、供の者もつれず雨の中を走ったのであろうことも、杢之助と源造は解した。真吾もまたそうであった。

「さすがですなあ」

　蔦屋善兵衛と鳴水屋玉充郎の、二人ならんでいる表情を真吾は見つめ、

「分かりました。雨を押して来られたそのお気持ち、無駄にはいたしませぬぞ」

　関わったことだからといったようなものではない。

（それが武士か、許せぬ！）

　心情が沸き起こっている。

「そ、それじゃ榊原さま！」

「うううっ」

　蔦屋善兵衛は飛び退《すさ》って正座を組み、鳴水屋玉充郎もそれにつづいた。

「くそーっ。あの三人、名も知らねえやつらだがよ！」

源造がまた拳で膝を叩いた。眉毛が大きく動いている。杢之助は黙って真吾に目を向けた。真吾は蔦屋善兵衛と鳴水屋玉充郎をあらためて見つめた。二人はまだ畳に額を押しつけている。

「それでは話は進みませぬぞ。顔を上げてくだされ」

「榊原さま！」

善兵衛は顔を上げ、つづいた玉充郎は無言で泣いていた。

その座に、杢之助はなおも沈黙をとおした。だが、心中は動いていた。

三

まだ雨は降っている。激しくもならなければ小雨にもならない。

「まったくよ、江戸中はおろか大木戸の外まで俺の縄張にしてえぜ」

源造は徳利から湯飲みにそそがれた熱燗を、

「あちーっ」

口に運んだ。清次の居酒屋である。源造は手習い処からの帰り、杢之助と一緒に立ち寄ったのだ。閉めた雨戸が一枚だけ開いている。外は薄暗くなり、降っていなければ日の入りのころだ。

人通りのほとんどない街道を麦ヤ横丁から左門町へ横切ったき、清次の居酒屋は閉まっていたものの、

「──来なさると思っていましたよ」

盥の水を入れ替え、清次は待っていた。すぐ熱燗を入れる用意もととのえていた。

「──ありがてえ、清次旦那」

源造は樽椅子に陣取り、グイと干したものである。志乃がもう何杯目かを徳利からそそいでいる。

手習い処で真吾は、

「──向こうにすれば、すべてが迅速でなければならぬはず。来るなら……今宵」

言ったのだ。蔦屋善兵衛も昼間、鳴水屋玉充郎の突然の訪問を受け、すべてを打ち明けられるなりそれを感じたから玉充郎を急《せ》かし、麦ヤ横丁へ走ったのである。その姿を、雨で暖簾を降ろそうとした志乃が見たことになる。

「ここまで判ってきたというに、あぁぁ情けねえ」

源造はまた湯飲みを呷《あお》った。ぬる燗になっている。

元凶は牛込の武家屋敷であり、刺客を出せば向かう先は内藤新宿である。四ツ谷は通るだけで、源造に出番はない。というより、手も足も出せない。

「朽木虎次郎たらぬかす腐れ旗本よ、どんな面《つら》してやがんでえ」

焼き魚の骨に音を立てた。

「ま、面を知ってても手出しはできねえがよう。イテッ」

魚の骨を口から引っぱり出した。

「まあまあ、源造親分。仕方ないじゃありませんか。ならば、暗くならないうちに」

志乃がまた裸足で笠を頭にかざし、裏手の木戸番小屋に走って源造が忘れてきた桐油合羽を取ってきた。木戸番小屋にはいま、おミネが入って太一と一緒に留守番をしている。

「足元、お気をつけて」

志乃に送り出され、人気《ひとけ》のない街道で笠に雨を受けながら、

「くそーっ」

源造はまた泥水を蹴った。

「それじゃ、あたしはちょいと木戸番小屋でおミネさんとおしゃべりでも。一ちゃんも一緒だし。出かけるなら声をかけてくださいな」

志乃は軽く夕膳の用意をし、裏手から出ていった。

源造が引き揚げたあと、

「――志乃さん、酒はもういらないから」

李之助が言ったのへ、志乃は応じたのだ。

明かりを点けた居酒屋の中に、李之助と清次だけが残った。

「朽木虎次郎とやら、三人の中間は始末したものの、口封じをしなければならないのがもう一人。焦っていましょうなあ」

「そうよ。手練《てだれ》を秘かに雇う暇《いとま》もあるめえ。せいぜい腕の立ちそうな屋敷の用人か若党あたりか、一人じゃあるめえ。二人か、三人も繰り出してこようか」

「出てくれれば、榊原の旦那、斬りなさろうか」

「斬る。相手が武士であればこそ、一層ケジメはつけなさろう」

李之助の言葉に、清次は黙って頷《うなず》いた。聞いている者はいない。だが、これから語る内容を思えば、声は自然に低くなる。

今宵の刺客は返り討ちに遭う。朽木虎次郎は、二の手、三の手を出してこよう。

「このままひっそりしてくれておればいいものを」

李之助は呟くように言った。そこから、一度は〝落着〟とした目付や奉行所はあら

ためて疑念を持ち、双方とも四ツ谷へ人を出してこようか。源造は張り切り、

『鮎道中に加わった木戸番にも訊いてみなせえまし』

と、隠密同心を左門町に引き入れるだろう。まさに火の粉である。

「源造さんも、言ってやしたねえ。あの三人、名も知らねえやつらだがって」

「言っていた」

杢之助は頷き、

「捨て駒にされたのは、おそらく渡りの中間あたりだろう」

あちこちを、年季奉公で自儘《じまま》に渡り歩いている中間である。武家屋敷には、そうした期限切り雇いの中間がけっこう多い。

杢之助と清次は、話題を変えたのではない。

「その者らを、朽木虎次郎はうまく使った。三人とも、面白半分に乗った」

「だろうよ。それが死につながった。哀れなものよ」

「ならば、せめて浮かばれるように……」

「してやらなくちゃならねえ」

左門町への飛び火を防ぐためだけではない。元を絶つ理由の一つを、そこにも求めた。立派な敵討《かたきう》ちとなるのだ。

「それにしても因果よなあ。御膳奉行などと、まったく関係のねえお人が、左門町への火の粉の火種になろうとは」

「へえ」

清次が短く返したときだった。

「しっ」

杢之助は叱声をかぶせた。

雨音へ、かすかに足音がまじったのだ。並みの者なら聞き落としていよう。

（切羽詰っている。しかも二、三人）

清次も感じ、すかさず灯りが洩れないよう行灯《あんどん》を壁の裏側に運び、杢之助は街道に面した腰高障子をわずかに開けた。

暗い雨の街道に弓張提灯《ゆみはりちょうちん》が二つ、大木戸のほうへ速足で向かっている。御用提灯とおなじ造作で手に固定感があり、奉行所の捕方《とりかた》か火消し、それに武家しか使わない提灯だ。

腰をかがめ、杢之助の顔の下から清次も外をのぞいた。提灯に浮かぶ影は、いずれも緊張の固まりのように、泥水へ音を立て大股に歩を進めている。

「三人か……あの刀の差しよう、侍だな」

「そのようで。朽木家の刺客のような」

「この雨の中を宿《しゅく》方面へ急いでいる。間違いあるめえ」

雨戸を閉め、清次は行灯を元に戻した。飯台の上である。

「尾《つ》けやしょうか」

「その必要はあるめえ。それでなくとも、許せねえ相手だ。それに、向こうには榊原さまがついていなさる。儂らにとっても、ちょうどいいではないか」

「へえ」

「それにしてもやつら、武家でございと弓張などを持って。しかも、泥水へ緊張を撒いているような。なにもかもが素人《しろうと》の挙措《きょそ》だな」

「まったくで。あっしらなら……」

「おっと、それを言うねえ。儂らもそろそろ。向こうさんがちょうどいい頃合いを教えてくれたようなもんだぜ」

「そのようで」

二人はふたたび樽椅子から腰を上げた。

「ちょいと見まわりに、宿《しゅく》のほうもまわるかもしれねえ」

杢之助は木戸番小屋に声を入れた。太一は寝入っていた。

「あら、杢さん。あんまり無理しないように」

おミネが気遣うように言った。

「あゝ、だから清次旦那も付き合ってくれるのさ」

杢之助は返した。志乃から蔦屋と鳴水屋が昼間麦ヤ横丁へ駈け込んだのは聞いている。それの関連と解釈し、おミネはそこになんら疑念は持たなかった。

杢之助の手には〝四ツ谷左門町〟と墨書された、木戸番小屋のぶら提灯が揺れている。夜出歩くのに最も重宝なものだ。どこの自身番でも武家地の辻番からも、疑いの目は向けられない。木戸が閉まっていても同業である。声をかければ開けてくれる。清次の手にあるぶら提灯は無地で、そこから出処が分かることはない。

街道に出て泥水を控えめに踏む足音は、おミネに言った内藤新宿とは逆の方向、四ツ谷御門のほうに向かった。

「ここでござんしたねえ、三人が与太《よた》ってきたのは」

「あゝ。あの三人が、もうこの世にいねえとはなあ……」

雨の笠を打つ音に、低い声が混じる。二人の足は、麹町《こうじちょう》を踏んでいる。

「いまごろはもう鳴水屋さんでは……」

「おそらく……」

清次が言ったのへ、杢之助は返した。

街道を四ツ谷大木戸のほうへ向かった弓張提灯の三人は、杢之助も真吾も感じ取ったとおり、朽木家の用人と若党であった。だとすれば距離の加減から、そろそろ内藤新宿の鳴水屋に押し入っているころである。

「儂らは……」

「へい」

二人は振り向きもせず、歩を踏みつづけた。それだけ榊原真吾に信頼を置いているのだ。もうすぐ外濠か、水かさの増した音が、雨音に混じって聞こえてきた。

四

鳴水屋の奥の座敷には、真吾だけではなく、蔦屋善兵衛も入っていた。

麦ヤ横丁からの帰り、裸足で着流しの腰に両刀を帯びた真吾が、すでに暗くなった往還に注意を払うなか、

「――心配でなりませぬ。わたしも鳴水屋さんに詰めさせてくださいまし。邪魔になりませぬよう、おとなしくしていますから」

言ったのだ。鳴水屋玉充郎はただただ恐縮するばかりだった。

部屋にはもう一人、

「榊原さま、対手《あいて》の人数によっちゃ手を貸しやすぜ」

言ったのは、久左《ひさざ》と名乗った、一見遊び人風の男だった。昼間の内藤新宿を取り仕切るのは大店《おおだな》や旅籠《はたご》のあるじで構成する町役《ちょうやく》たちだが、夜になると即座の実力行使が必要となる場合がある。町役たちの手には余る。それを請負うのが店頭《たながしら》である。妓楼飲食の店や旅籠から見ケメ料《みかじめりょう》を取る代わりに、町の平穏のためには体を張る。で八九三者《やくざもの》が暴れ出し、駈けつけた店頭の配下が命を落とすこともある。きょう来ている店頭の久左は、とくに蔦屋善兵衛が呼んだのだ。かつて真吾とも面識のある店頭だった。別室に配下の若い者が三人ばかり控えている。

町のそうした仕組は、かつて用心棒をしていた真吾は熟知している。

「ふむ」

頷き、

「そう大勢で来るわけでもあるまい。二、三人なら瞬時に斃《たお》す。それよりも、討ち洩らしたときの対応に、逃げ道を塞いでおいてくれ。それに……な」

店頭の久左へ、念を押すように真吾は目を合わせた。

「へい」

久左は頷いた。そのために、蔦屋善兵衛はこの者を呼んでいたのだ。

「それにしても、きょう来やすかねえ」

「分からん。そこが待つものの辛さだ。覚えておけ」

「へえ」

言っているときだった。

部屋の廊下に足音が立った。

「旦那さま！　来ました！」

襖を開けるなり言う。つづいてもう一人、

「向こうは三人、いずれも侍ですっ」

久左の配下の若い者だった。足が濡れたままである。

対手の出方は、真吾の言ったとおりだった。居酒屋のすき間から、三人をそれと見た杢之助と清次の目にも狂いはなかった。

「――向こうは事を秘かに片付けようとするだろう。八九三《やくざ》の殴り込みのように、いきなり踏み込んでくることはあるまい」

真吾は手習い処で話していた。そのとおりの展開になろうとしている。

裏塀の勝手口を叩く者がいる。番頭が笠をかざして出てみると、弓張提灯を手にした武士が三人、

「あるじの玉充郎に所用だ。内密ゆえ、一人でここへ」

「どちらさまでしょう」

番頭は努《つと》めて落ち着いた声をつくったが、足は震えていた。

「府内の牛込からといえば分かる。さ、早く」

「は、はいっ」

そこで番頭は母屋に走り戻ったのだった。久左の配下も裏手から確認した。

「路地の出口を固めろ」

久左はすかさず配下に命じ、真吾はかたわらの大刀を取った。

「申しわけ！　申しわけもっ」

「鳴水屋さん……」

部屋では若い鳴水屋玉充郎がまた頭を畳にこすりつけ、親ほどの年行きを重ねた蔦屋善兵衛が肩に手をあてていた。

真吾は番頭につづいて裏庭に下りた。裸足である。店頭の久左もついてきた。

板戸の内側に立った。暗い雨の中である。

「下がっておれ」

真吾は息を吐くだけの声で二人に指図し、

「もうし、外の方々へ」

板戸の外へ声を投げた。すぐに反応があった。

「遅いぞ、鳴水屋。朽木屋敷の者だ。火急にて内密の話がある。出てまいれ」

「はい。ただいま」

真吾は返しながら、

(一度の踏み込みで……)

カタがつくことに確信を持った。対手を確かめもせず要件を切り出す。極秘の刺客になどなり得ない、無用心な振る舞いである。

「朽木屋敷とは、牛込の朽木さまでございましょうか」

「いかにも。さあ、早う出てまいれ!」

声が上ずっている。

(そなたら、不徳なあるじを持ったこと、不運と思われよ)

真吾は板戸の小桟《こざる》を上げた。木片の小さな音は、外にも聞こえたろうか。

開けた。さすがに弓張提灯の火は消していた。

飛び出た。もとより板戸の外側両脇に抜き身の刃《やいば》が待ち受けていることを、真吾は感じ取っている。

――キーン

立てつづけに二度、雨の中へ金属音とともに火花が走った。つぎの刹那《せつな》、肉片を斬り裂くにぶい音に、

「うぐっ」

人の呻きが重なった。

飛び出るなり抜きがけに降りかかった刃を防ぎ、正面の影に上段から一太刀打ち浴びせるなり返す刀を右に左にと走らせた。

「ぐえーっ」

「うぐぐっ」

悲鳴ではない、断末魔の呻きが交差するなかを、真吾は板戸の中に身を引いた。背後の裏庭から見ていた番頭と久左には、闇の中に真吾の影が右に左に動いたのを見たのみである。

真吾の引いた路地から、泥水に人の崩れ落ちる音が聞こえた。

「さあ、あとを」

「へいっ」

「わ、わ、わたしも」

真吾の声に久左は路地へ飛び出し、番頭もつづいた。

五

四ツ谷御門前で外濠沿いの往還に入った杢之助と清次の足は、すでに市ケ谷御門前に入っていた。その道筋は市ケ谷八幡宮の門前町を兼ねて広場のようになり、濠側《ほりがわ》には簀張《よしず》り《ば》の茶店がならび、もう一方は寿司屋や蕎麦《そば》屋、京菓子屋などの常店《じょうみせ》が軒をつらね、暗くなってからも提灯の灯りに茶汲み女たちの呼び込みの声がながれているのだが、きょうは一つの火もなく、無人の簀張りは不気味にも見える。

「静かでございますねえ」

「このあたりも、源造さんの縄張だなあ」

「ちょいと広すぎるようで」

「あゝ」

二人の歩の運びに、急ぐようすはまだない。

屋敷に忍び入る……李之助や清次にとって、困難なことではない。いま二人が向かっているのは、牛込の旗本四百石・朽木屋敷だ。二つのぶら提灯が、雨に消えることなく揺れつづけている。

「だが、違うぜ」

「へえ。分かっておりやす」

李之助が言ったのへ、清次は返した。もちろん、忍び入るのも一つの方法である。だが、部屋の配置も分からなければ虎次郎の面も、寝所がどこかも分からない。

策はすでにある。

二人の足は、朽木屋敷から出た三人が内藤新宿から戻ってくる頃合いを計算しているのだ。首尾は如何《いか》に……虎次郎は神経を張りつめているはずだ。その時分を見計らって裏門より、内藤新宿がらみの用件を告げれば、名指しをしなくとも虎次郎は一人で裏門に出てくるだろう。

「――騒ぎにせず……」

麦ヤ横丁の手習い処で真吾が鳴水屋での策を語るなか、李之助の心中にも似た策がながれていたのである。

牛込御門に達し、李之助と清次は濠沿いの往還を離れた。そこはもう武家地だ。切り絵図で杤木屋敷の場所は確認している。絵図だけで勝手口のある路地のようすまで見当をつけ、頭に叩き込めるのは、杢之助や清次の身についた習性である。その場所は近い。聞こえてきた鐘の音は、

「四ツ（およそ午後十時）だな」

「そのようで」

木戸を閉める時刻である。左門町の木戸番小屋には、志乃とおミネが入っている。二人で閉めているころだろう。太一はぐっすり眠っていようか。

雨がいくぶん小降りになったようだ。笠を打つ音で分かる。

両脇を白壁にはさまれた往還である。昼間でも人通りは閑散としていよう。泥水を踏む二人の足音が、雨音へかすかにまじっている。

「杢之助さん」

不意に清次が言った。

「ん？」

「安心しやした」

「なにがだ」

「さすがここまでぬかるんだ地面では、杢之助さんの足元からも水音が聞こえやす」

「こきやがれ」

杢之助は故意に大きく水音を鳴らした。乾いた往還で、下駄でも杢之助の足元からは足音が立たない。癖《くせ》というよりも、それが杢之助の身から離れぬ習性となっている。不自然だ。気にした杢之助は故意に音を立てて歩こうと試《こころ》みたが、動きがぎこちなくなり、かえって人目を引く。あきらめた。だがさいわいにも、そこに気がついたのは榊原真吾だけで、他にはいない。源造も気がついていないのだ。気がつけば、

「おめえ、いってえ以前は……」

などと疑念を持つことになろう。

「鮎道中のときネ、一人だけ足音がなくても、数人一緒だったので目立たず、安心して見ておりやしたよ」

「ふふ。ならばこれから、出歩くのはいつも雨の日にしようかい」

目前に迫った策に、二人は歩を踏みながら気を落ち着けようとしている。

「おっと、清次。ここだぜ、朽木屋敷は」

いずれの屋敷にも表札などない。だが、切り絵図には細かく氏名まで書き込まれている。

「ならば、勝手口の路地はこの先のようで」

「ふむ」

黒々と見える重厚な門構えの前を過ぎ、白壁の切れ目に狭い黒い空洞があった。勝手口に通じる路地だ。

「行くぞ」

「へいっ」

正門のある往還から、二人の提灯は見えなくなった。

「清次よ、提灯を」

「へいっ」

二人は提灯を交換し、清次は受け取った〝四ツ谷左門町〟の名入りの火を吹き消した。いま灯《とも》っているのは、杢之助の手にある無地の提灯のみとなった。

「何度やっても、このときばかりは緊張するなあ」

「へえ、まったく」

二人の声は、固く掠れていた。すでに策の実行が始まっているのだ。

足はとまった。白壁の一カ所に、窪んだ部分がある。勝手口の板戸だ。身をかがめないと入れない。提灯一つの灯りのなかに、二人は頷きを交わした。

清次は一歩引き、杢之助が板戸を叩いた。

反応がない。

ふたたび、大きく叩いた。しばらく待ち、再度叩いた。

李之助は振り返り、清次に頷きを示した。板戸の向こうに、泥水を踏む音と笠を打つ雨音が聞こえたのだ。板戸の向こうでも、ようすを探っていたのだろう。

清次はさらに一歩さがり雨の小降りとなったなかに身をかがめ、うずくまる姿勢をとった。

「どちらさま?」

聞こえたのは、中間《ちゅうげん》であろうか。押し殺したような、それでいて疑念を含んだ口調は、おそらく出かけた三人の家士と、示し合わせた叩き方でないと直感したのかもしれない。想定の内である。

「内藤新宿の者でございます。火急の用で参りました」

李之助は丁重な口調をつくった。

「な、なに?　内藤新宿から⁉　暫時《ざんじ》お待ちをっ」

声とともに足音が慌てるように遠ざかった。

清次がうずくまった姿勢から顔を上げた。

「すぐ来るはずだ。そのまま」

「へい」

また笠をかぶったままの頭を伏せた。

ふたたび泥水を激しく踏む音が聞こえた。走っている。想定どおり、足音は一人だった。とまった。

「何者！　内藤新宿からと、まことか。申せ！」

声が上ずっている。言いようから、あるじの虎次郎であろう。

「はい。宿《しゅく》の町役の手の者にございます。手前どもの路上に血を流して倒れているお侍を見つけ、質《ただ》しましたところ、至急こちらさまへと申され、お連れいたしました次第でございます。まだ息はござりまする」

「な、な、なんと！　待て、すぐ開ける！」

声はさらに慌てた。

強く小桟《こざる》をはずす音とともに、板戸の開いたすき間から灯りが洩れた。提灯を手にしている。

「どこだ！　一人か！」

さらに開いた板戸から、着流しの武士が一人急ぐようにすり出てきた。杢之助は無地の提灯を武士の顔にかざし、

「こちらで」

うずくまる清次のほうへ向けた。背後で見ている者がいるかもしれない。〝四ツ谷左門町〟の文字を見せるわけにはいかない。

武士は李之助の提灯へ引かれるように歩み出て、みずからの提灯もうずくまってい
る者にかざした。すでにその身は、勝手口の板戸から離れている。

「ううっ？」

唸った武士に李之助は背後から、

「この家《や》のご当主、朽木虎次郎さまでござりまするな」

「い、いかにも。なれどこの者、町人風体。わが家の用人でも若党でもないぞ」

さらに朽木虎次郎が身をかがめ、笠の中をのぞきこもうとしたときである。清次が両手に持った笠で下から虎次郎の顔を押し上げるなり、さらに背後へ飛び下がった。

「な、何をする！」

「成仏！」

李之助は低く吐くなり左足を軸に清次が跳び退《すさ》ってできた空間に右足で弧を描いた。

李之助も朽木虎次郎もまだ提灯を持ったままである。

「ぐぇっ」

闇を裂いた杢之助の右足の甲が、正面から虎次郎の喉を打っていた。

その足が泥水の地面に着くのと、虎次郎の身がその場に崩れ落ちるのとがほとんど同時だった。虎次郎の提灯は身の下敷きになり、消えた。こんどは杢之助が数歩飛び下がるなり、身を立てなおした清次が崩れた虎次郎に飛び込み、

「よっこら」

抱き上げるように勝手口の板戸の中へ押し込んだ。杢之助はすでに数歩の距離をとっており、その場に提灯の明かりはきわめてにぶく、近くからでもなにやら影が動いているようにしか見えないであろう。

「引き揚げるぞ」

「へいっ」

清次は外から板戸を引いて閉めた。

急ぎ足になった。やはり二人の泥水を踏む足音は、常人より数段小さい。

背後の路地は、何事もなかったように静かだった。一滴の血も流れておらねば、足跡も泥水へ自然に消えよう。

正面門のある往還に出てからも、二人の足は速かった。提灯の灯《ひ》が杢之助の手に動いている。

「息の根は、慥《しか》と止まっていやした」

「ふふ」

杢之助は返し、

「正面からじゃ、骨は折れにくいものよ」

「そのようで」

二人は走っている。

朽木虎次郎は喉仏を砕かれた衝撃に、即死だったようだ。

牛込御門の前まで戻った。橋の周辺一帯は暗い大きな空洞のようだ。物陰に入り、清次はふところから杢之助の提灯を取り出し、無地の提灯から火をとった。〝四ツ谷左門町〟の文字が、闇に浮かび上がった。このような日、時も遅ければ屋台も出ておらず、いちど火を消してしまえば点《つ》けることができないのだ。それもあるが、深夜に灯りを持っていなければ盗賊である。不寝番のいる自身番や辻番から人が走り出てこよう。

提灯の火が二つになってから、

「おっ」

「そのようで」

二人はようやく気がついた。

雨は熄《や》んでいた。周囲に人影はなく、ここまで来ればもう安心してよい。

「ちょうどいい具合だぜ」

「へえ」

李之助は左門町の文字が浮かんだ提灯をかざした。

六

「えっ、朝？　あらら」

木戸が開く音に、おミネは目を覚ました。部屋の大きさは長屋と似たようなものだが、そこは木戸番小屋だった。かたわらに太一がまだ寝ている。

腰高障子に人影が近づいた。日の出前だが、空はもう明るんでいる。晴天だ。

「悪かったねえ。まるまる一晩、留守番してもらって」

李之助が声とともに、外から腰高障子に音を立てた。

深夜、どこで誰何《すいか》されることもなく左門町に帰りついたのは、あと一刻（およそ二時間）ほどで明け六ツの鐘を聞こうかという時分であった。

昨夜、木戸を閉めたおり、

「――太一が起きそうにないから」

おミネは木戸番小屋に引き返し、志乃は裏庭づたいに店のほうへ帰った。清次と杢之助がいつ帰ってくるか分からない。帰ってくればすぐお茶やお粥《かゆ》を出せる用意をしていたのだ。

杢之助は居酒屋の奥で清次と一緒に仮眠をとり、着物も清次のを借りてさっぱりした出で立ちだった。だが、睡眠不足は顔から隠せない。

「眠れたかい。おうおう、一坊も」

言いながら杢之助は太一の寝顔に目を細め、足洗いの桶に足を入れた。おミネが昨夜のうちに入れ替えていたのだろう。新しい水だった。

「ま、まあ、眠れましたけど」

おミネは蒲団の上に半身を起こし、戸惑ったように胸の合わせの乱れを直した。日が出た。急激におもてが明るくなり、雨上がりの蒸し暑さまで伝わってきた。射したのはすっかり夏の陽光だ。

「木戸番さん、いつも早いねえ」

聞きなれた声は、いつも日の出のころ木戸が開くのを待つように左門町の通りへ入ってくる豆腐屋や納豆売りだ。

「おう、まだ足元に気をつけなせえ」

杢之助が返したのへ、豆腐屋が天秤棒を担いだまま開け放した腰高障子の中へチラと視線を投げ、

「へーい、お早うござい。とーふー、とうふ」

長屋の路地へ入っていった。納豆売りの声がそれにつづいた。

おミネは覗《のぞ》かれた思いになり、

「あらあら、どうしましょう」

娘のような恥じらいを見せた。

すでに路地では、

「おっと、気をつけなくっちゃ」

「ほら、ハネ上げないでよ」

住人たちがぬかるみに七厘《しちりん》を出し、団扇《うちわ》の音を立てはじめている。きのう一日、火も満足に起こせなかったのだ。

「さあ、おミネさんも。朝の用意に」

「でもお」

杢之助はまだ恥らうおミネの背を押した。きのうとおなじ、裸足《はだし》のままだ。行商人たちも裸足で、くるぶしまで泥にまみれていた。

「ゴホン、ゴホン」

路地にたちこめる煙の中におミネは入っていった。

「おーや、おミネさん、ゴホン。まだ障子戸が開かないと思ったら、とうとう杢さんとこで？　ゴホン」

煙にむせびながら、意味ありげに言ったのは大工の女房だった。路地に充満した煙に、出ていた住人一同の好奇と得心の視線が集った。

「あははは。儂ゃあさっき宿《しゅく》から戻ったばかりでなあ。おもての清次旦那と手習い処の榊原さまも一緒でして」

背後から助け舟を入れたのは、すぐ桶を持って出てきた杢之助だった。

「なあんだ、ゴホン」

別のおかみさんから洩れた声が、住人一同の期待はずれの空気を誘い、

「えっ？　杢さん。宿《しゅく》って、蔦屋さんかい。まだ何か」

路地奥に響いていた釣瓶《つるべ》の音がとまった。松次郎だ。

「雨の中を？」

竹五郎も顔を洗う順番を待っていた。

「おぉう、ここもぬかるみがひどいなあ」

言いながら杢之助は路地に歩を踏み、

「何事もないように榊原さまが出張《でば》りなすったのさ。儂もつき合うのに一人じゃ心細いので、おもての清次旦那にも頼んで来てもらったのさ」

「雨の中をねえ。そりゃあ杢さん、松つぁんに天秤棒を持たせていかしゃよかったのに。きっと張り切るよ」

「そうそう、乗りかかった船ってネ」

「てやんでえ」

おかみさん連中がはやし立てるのへ、松次郎が反発するようにふたたび釣瓶に大きな音を立てはじめた。話題が移った隙に、おミネはさっさと自分の部屋に戻り朝の用意にかかった。

「えっ、内藤新宿になにかあったので？　ゴホン」

隣の腰高障子から出てきたさっきの豆腐屋が、足元に気をつけながら問いかけてきた。町をながしている朝の棒手振が、鮎道中の一件をまだ知らないようだ。一日降った雨のせいであろう。きのう夕刻、蔦屋と鳴水屋がそろって麦ヤ横丁に駈け込んだこ

とも、まだ長屋には伝わっていない。それを知っているおミネは、昨夜長屋に戻って
いなかったのだ。

「おっ母ア」

太一が目をこすりながら路地に出てきた。

「おや、一ちゃん。眠れたかい」

「ほらほら、足に気をつけて」

住人たちの声が太一を迎えた。路地には団扇の音と煙がまだ充満している。

杢之助には、失いたくない左門町の朝である。


「さっきの話だがよう」

松次郎が半纏《はんてん》ではなく着物を尻端折に裸足で木戸番小屋の敷居をまたぎ、三和土の水桶に足を浸けたのは、太一が手習い道具を手に街道へハネを上げて行ったあと、太陽もすっかり昇った時分だった。

「俺も気になってよ」

と、竹五郎もそのあとにつづいていた。

雨雲は去り太陽が照っても、地面はまだぬかるんだままである。泥の中でふいごを

踏むことなどできない。あしたも仕事に出れば乾いた場所をさがすのに一苦労するだろう。竹五郎もおなじだ。泥足で得意先の裏庭に踏み入ることはできない。

「おう、来たかい。上がんねえ」

杢之助はすり切れ畳を手で示した。ぬかるみの中を、買い物客は来ない。荒物は隅に積んだままだ。いつもと違い、二人の動作はゆっくりしていた。きのう一日、湯に浸かっていたせいもあろうが、それよりも突然の鮎道中に出て二、三日仕事にあぶれてもふところに余裕があるからだろう。いつものことながらこの二人は、一方が満たされればもう一方も恵比須《えびす》顔になれるのだ。

「どういうことなんだい、鳴水屋が蔦屋に殴り込みでもかけたのかい」

「と、さっき松つぁんと話してたんだけど……」

胡坐《あぐら》を組み、松次郎が言ったのへ竹五郎がつないだ。

「いや、その逆さ」

「えっ、どういうことだい」

「仲直り？」

「そのようだ。ま、儂《わし》は奥にまで入ったわけじゃないから詳しくは知らねえ。あとで榊原さまに訊いてみねえ」

杢之助はまだ鳴水屋でのようすを聞いていない。滅多なことは言えない。

「それよりも杢さん、徹夜だったのかい。疲れてる顔だけど」

竹五郎が言ったのへ、

「あゝ、ちょいと湯に行ってくらあ。ここの留守番、頼むよ」

「いいともよ。帰ってきたら俺たちと交替だ。なあ、竹よ」

松次郎も疲れたようすの杢之助を気遣ったようだ。二人にすれば鮎道中はもう終わったことで、

（あとに揉め事などなきゃあ、それに越したことはねえ）

のだ。そのような二人の性格が、杢之助にはことさらに羨《うらや》ましかった。

以前、松次郎が言い、竹五郎も頷《うなず》いていた。

「――江戸っ子たあ、皐月《さつき》の鯉《こい》の吹き流しよ」

腹に一物もない。

杢之助はその二人に木戸番小屋を任せ外に出たが、本当は湯よりも麦ヤ横丁のほうへ行きたかった。鳴水屋での首尾を訊きたい。だがいま、真吾は手習いの最中だ。周囲に焦ったようすは見せられない。清次もおそらくおなじ思いで、店は志乃とおミネに任せ、奥の部屋に身を休めていることだろう。

いま左門町には、いつもの雨の翌日の、のんびりとした時間がながれている。

だが、

(早く知りたい)

その思いが適《かな》ったのは夕刻、陽が落ちてからだった。

「もっと早く来ようと思ったのだが、手習いの終わったあとつい寝込んでしまってねえ、起きたらこの時分になってしまった」

着流しを尻端折に、まだ地面は乾いていないため裸足で刀も差さず、手習い師匠の浪人とはいえ、およそ武士らしからぬ風情である。

「やはり来たよ」

榊原真吾は、すり切れ畳に上がりながら言った。

「と申しますと、朽木の手の者が？」

「ふふ」

なにをとぼけたことを言うかといった表情を真吾は見せ、

「色街の店頭《たながしら》とは、まったくもって奇妙なものよ」

と、真吾はそのときのようすを話した。

用心のため、真吾は三人の〝刺客〟を始末したあとも鳴水屋に残り、麦ヤ横丁に帰ったのは、夜が明けてからだったらしい。木戸を開けた杢之助が、長屋の煙の中に入っていたころのようだ。真吾が興味深く話したのは、

「三人の遺体は直後に消え、もちろん雨で血の跡もない。雨の熄んだ夜明けには、何事もなかったことになっていたのだ」

　そのことであった。

「それも店頭の仕事でございますよ。町の平穏のために……」

「ふむ。話には聞いていたが、実際にあるのだなあ」

　杢之助が応じたのへ、真吾は静かな口調で返し、

「せめてあの三人、遺髪だけでも屋敷に届けられるようにと思ったのだが」

　無念そうな表情になった。

「それをしたんじゃ、事がなかったようには……」

　杢之助が言おうとしたとき、外に泥を踏む足音がした。腰高障子が開き、

「火種と、ついでにお口の渇きの癒《いや》しにと思いまして」

　志乃だった。ちょうど部屋には明かりが必要となりかけたころだ。片手に盆と手燭《てしょく》を器用に持ち、泥をつけた足で遠慮深げに入ってきた。真吾が左門町の木戸を入るのを見かけ、清次に言われ物見に来たようだ。

「あ、志乃さん。こいつは美酒になりまさあ。榊原さまと二人で、ゆっくり味わわせてもらいますよ。そう清次旦那に言っておいてくだせえ」

「はい、そのように」

志乃はすり切れ畳に盆を置き、李之助が引き寄せた油皿に火を移すと、すぐに退散した。これで清次には、内藤新宿も首尾よく運んだことが伝わるはずだ。

油皿の火が、すり切れ畳に二人の影を薄く描いた。

「それよりも李之助どの」

ふたたび二人となった部屋に、真吾は真剣な表情をつくった。

「へえ」

「きのう雨の昼間、そなた手習い処では口を閉じていたが、内心はそれがしと似たようなことを考えておった。しかも、それがしが鳴水屋に詰めるなら、自分はその元のほうを……と、違いますかな」

「えっ」

李之助は低く息を洩らした。真吾はつづけた。

「仕方なく鳴水屋の用心棒に出かけましたが、実はそれがしも、その元凶のほうこそ許せなかったのです。武士としてです。で、李之助どのも、やはり仕留めた……ですね」

「榊原さま。儂は五十路《いそじ》をとっくに超した、ただの木戸番でございますよ」

李之助は返した。

「そう、そうでしたなあ。いや、余計なことを訊いてしまいました。許されよ」

真吾は湯飲みに注がれた酒をグイと呑むと、

「ふむ。美酒です。もう一杯」

李之助にまた湯呑みを差し出した。

「まこと、美酒でございます」

言いながらチロリから注いだ酒をまた真吾は干し、

「それだけを聞きたかったのです。邪魔をしました」

腰を上げた。

裸足で敷居を外にまたぎながら、

「したが、結末が気になりますねえ」

「へえ」

李之助は返す以外になかった。

腰高障子が外から閉められ、

「あ、提灯を」

李之助は言おうとしたが、もう気配は遠ざかっていた。

「ふーっ」

すり切れ畳へ尻餅をつくように、大きく息を吐いた。心ノ臓はまだ高鳴っている。

そのまま数回、深呼吸を繰り返し、

「儂も、知りとうござんすよ。榊原さま」

呟《つぶや》いた。

あのとき真吾は、李之助の黙した胸の内を見通していたのだ。それに、昨夜のことも……。

七

翌朝も明け六ツには太陽が出た。というより、日の出だから明け六ツであり、日の入りが暮れ六ツとなり、夏場は一刻のあいだが長くなる。それだけすべてがゆっくり進むのだが、李之助の心中は、

（牛込のその後を聞かぬまでは）

落ち着かない。

長屋の朝の喧騒はとっくに過ぎ、

「おじちゃーん」

太一が手習い道具を手に木戸番小屋の前を走りすぎて街道に飛び出した。

「ほらほら、馬にも駕籠にも気をつけて」

追いかけるように長屋の路地から出てきたおミネの声を背に、

「分かってらーい」

勢いよく麦ヤ横丁の枝道へ駈け込んでいった。いつもの朝の風景だ。いずこの手習い処も朝五ツ（およそ午前八時）が始まりの時刻である。このあとおミネは清次の居酒屋に入り、お茶の商いを志乃と交替する。居酒屋といっても朝早くから軒端《のきば》に縁台を出し、一杯三文の茶を出している。四ツ谷大木戸に近い左門町の場所柄、日の出のころから旅に出る者やそれを見送った数人連れが、けっこう縁台に座っていくのだ。夕方近くには内藤新宿から大木戸を入り、やれやれお江戸に着いたといった旅装束の者が茶を飲んでいく。

この朝五ツの時分、街道はもう一日の動きを始めているのだ。

杢之助は下駄をつっかけ、ふらりとおもてに出た。

「杢さん。こっちでお茶でも飲んでいきなさいよ」

　おミネが声をかけてきた。店の前に炭俵を積んだ大八車がとまり、人足が二人、縁台に腰掛けている。いま大木戸を入ってきたようだ。この縁台も湯屋とおなじで、けっこう噂の集散地となる。

「おう」

　杢之助は応じ、人足たちの隣の縁台に腰掛け、

「あんたら、内藤新宿のほうから来なすったかね」

　声をかけた。

「あ、宿《しゅく》の路地にも入って炭を降ろしてきたが。ま、道がまだ湿ってやがって荷が重くってよう」

　一人が応じた。さらに世間話などもしたが、人足の口から別段変わった話題は出なかった。鳴水屋の勝手口での一件から二日を経ている。噂が立っておれば得意になって話すはずだ。

（なるほど、さすがは宿《しゅく》の店頭）

　杢之助は感心したものだ。

「さっき、四ツ谷御門のほうから来た馬方《うまかた》さんが座っていきましたが、向こうもきの

うきょうと何事もなく」

話しながら、暖簾《のれん》から盆を持って出てきたのは清次だった。やはり人の動き出した早朝から、清次はおもてに聞き耳を立てていたようだ。

「さようですかい。そりゃあけっこうなことで」

「そうさ。わしら、行く町々が毎日平穏なのが一番で」

「そうそう。きょうはほこりも立たないし」

杢之助が返したのへ荷駄人足たちもつなぎ、湯呑みを縁台に置き腰を上げた。

「そお、平穏が一番でさあ」

杢之助はその背を見送り、

「じゃあ旦那、儂《わし》も番小屋に帰りまさあ。なにか噂でもあれば……」

腰を上げた。

「あ、そうしようかねえ」

清次は返した。外にあっては、二人はあくまでもおもて通りの旦那と木戸番人の関係なのだ。

時とともに蒸し暑さが増してくる。一膳飯屋の小太りのかみさんも来ない。左門町の通りにも、新たな噂は入っていないようだ。

「おう、行ってくらあ」

いつもは太一よりも早く木戸を出る松次郎と竹五郎が、木戸番小屋に声を入れたのは午《ひる》をすこし過ぎてからだった。午前中はまだ地面に乾いた箇所がなく、路傍での店開きはできそうになかったのだ。

「まだ大木戸向こうに仕事があるのに、松つぁんがどうしても麴町《こうじちょう》のほうをながそうって言うもんだからね」

竹五郎もそれにつき合わされたようだ。背の道具箱に羅宇竹《らうだけ》の音を立てながら、天秤棒の松次郎につづいた。

松次郎があの界隈をまわりたがるのは分かる。

「三日前よ、鮎道中。見なかったろうなあ。あのときよ」

と、鍋の底を打ちながら話題にしたい内容は多いのだ。

だが、その界隈に足を入れるなり、町役に言われるだろう。

「鋳掛屋さん、気をつけてくだされ。実は、面倒などなかったことに……」

松次郎の不満顔が、杢之助には目に浮かぶ。

それよりも胸中は、

（牛込の屋敷は……）

である。ふらりと足を運んでみたい思いを、じっと堪《こら》えているのだ。

「いるかい、バンモク」

声が立ったのは、西の空の太陽がかなりかたむき、早ければ商いはできても不満顔の松次郎が、竹五郎と一緒に帰ってきてもおかしくない時分だった。

（ホッ）

その源造のだみ声に杢之助は待ち人が叶《かな》ったような感触を覚え、

「いるぜ。入んねえ」

声が弾んだ。

（何か分かるかもしれない）

とっさに思ったのだ。

勢いよく腰高障子が開き、

「いってえどうなってやがるんだ。さっぱり内幕《わけ》が分からねえぜ」

言いながら源造は敷居をまたぎ、うしろ手でまた障子戸に音を立て閉めきった。他人に聞かれたくない話があるようだ。

杢之助は荒物を押しのけ、座をつくった。源造は当然のようにそこへ腰を投げ下ろ

すなり、片足をもう一方の膝に乗せ、

「けさ早くだ。蔦屋と鳴水屋の番頭がそろって俺んちへ来てよ」

李之助のほうへ身をよじった。

「ほっ。それで何か？」

李之助はとぼけた。

「何かって、おめえ何も聞いてねえのか。内藤新宿で昨夜、何事もなかったってよ。榊原の旦那も手持ちぶさたのまま朝方、麦ヤ横丁へ帰りなすったそうだ」

「あ、それなら聞いたよ。よかったじゃないか」

やはり内藤新宿は、内輪に揉め事があっても外に向かっては店頭を含め、見事に一体なのだ。

「ま、それはそれでいいや。四百石のお旗本が町家に殴り込みなんざ、考えすぎだったのかもしれねえ」

「だったとは、源造さん。まだ安心していいかどうか分かんねえのじゃないのかい」

「いいや。だったでいいんだ」

「どういうことだい」

朽木虎次郎の死が、源造の耳にも入ったようだ。ならば、どのように……。李之助は胡坐《あぐら》のまま、上体を源造のほうへかたむけた。

「それよ。そんなら元凶の朽木家はどんなようすかって気にならあ」

「ふむ、そりゃそうだ」

「午過《ひるす》ぎに行ったのよ、牛込の同業のところへさ」

町家の岡っ引でも、隣接している武家地の動きにはけっこう目を向けている。

「ほう、なにか分かったかい」

「それがよ、驚きじゃねえか。あるじの虎次郎が、屋敷の者の不始末はあるじの不徳の致すところってんで、腹を切ったっていうじゃねえか」

「ほう、そうなったかい」

予測の範囲内である。

「そうなったって、おめえ、しゃあしゃあとぬかしやがるが、ご自害召されたのは大将の虎次郎だけじゃねえぜ」

「え！　一人じゃない？」

「そうさ。奥方まで一緒に懐剣で首筋を切り、亭主がその首を刎《は》ねてからてめえの腹をお召しになったっていうぜ」

「なんだって！」

違う！　屋敷に一歩も入っていなければ、始末したのは虎次郎一人なのだ。

「どうだ、驚いたろう」

「うむ、驚いた」

「あ、分かんねえ。お武家のやりなさることはよう。それで朽木のお家は安泰で、御膳奉行の役職も長男の尚一郎とやらにまわってくるだろうって、牛込の武家地じゃ中間連中のあいだでも、もっぱらの評判らしいぜ。なにも奥方まで死ぬこたねえと思うがなあ」

「うーむ。分からんなあ、そこんとこが」

「ま、これで一件落着ということになろうが。だったら、あの鮎騒動はいってえなんだったんでえってことにならあ」

源造は膝に乗せていた足を下ろし、かたむけていた身も起こし、

「まるで何がどうなってんだか。分からん、分からん。なあバンモクよ。まったくやっちゃおれねえよ」

霧に包まれたような幕の下り方だ。このモヤモヤとした憤懣を撒き散らせるのは、左門町の木戸番小屋しかない。言うだけ言うと、源造はいくらかすっきりしたような顔になっていた。

清次は夜、

「切腹とはうまく考えた幕引きでござんすが、奥方までなぜ……」

最後の客が腰を上げるのを待っていたように、チロリを提げ木戸番小屋の腰高障子を音もなく開けた。さきほど、おミネと太一が外から声を入れ、長屋の路地へ戻っていったばかりだ。

朽木屋敷での結末には清次も首をかしげ、

「で、どうしやす」

杢之助の顔を見つめた。灯芯一本の灯りのなかに、片面だけが不気味に浮かんでいる。

「どうするって、おとといの夜、この足が朽木虎次郎の首に入った瞬間、儂らにとっちゃ幕は下りたのだぜ」

「あとを気になさらねえと？」

「気になるもならねえも、そう思うしかあるめえ。あの屋敷の中で誰がなんのためにどう始末をつけようと、左門町に火の粉が飛んでこねえ限り、遠い縁のない武家地での出来事さ」

「ならばいいのでござんすが」

「なんだね、おめえらしくもねえじゃねえか。儂にいつも〝取り越し苦労〟のご無用を説いているおめえがよう」

「ですが」

腰高障子の向こうに足音が立った。地面に下駄がきしむような音は、まだ地面が湿っているためだろう。

「こんなのしかできませんでしたが」

志乃が、揚げ物にした豆腐を盆に載せ持ってきた。まだ湯気が立っている。

「おっ、手間をかけさせちまいましたねえ」

杢之助は目を細めた。

志乃は豆腐の皿をすり切れ畳の上に置くと、

「ごゆるりと」

すぐに退散した。

「まったくおめえには……」

「できすぎた女房でござんすよう」

「ふふ」

「それにしても源造さんの愚痴、分かりまさあ」

「あ、。イライラしてモヤモヤするだけで、自分の見せ場もなく手柄もなく、幕が下りちまったんだからなあ」

「モヤモヤは、源造さんだけでは……」

「言うねえ。せっかくの酒が苦くなるぜ」

「へえ」

町内を火の用心にまわり、木戸を閉めるにはまだ余裕のある刻限だった。あしたになれば、また街道には土ぼこりが舞いはじめようか。

殺し屋志願

一

「あ、、さっぱりしたわい」

李之助はゴロリとすり切れ畳に寝ころがった。

強かった風は夕刻には収まり、荒物をかたづけ部屋の掃除も済ませてから、

「ちょいと湯に行ってくらあ」

奥の長屋の住人に声をかけ、手拭を肩に湯へ出かけ、いま戻ってきたところだ。

行ったときには、人の影が一日の終わりを告げるほど長くなっていたが、松次郎と竹五郎はまだ湯に浸かっている。

「――将軍さまがお召しになる鮎《あゆ》をよ、砂かぶりにするわけにゃいかねえ。俺ぁ天秤棒をよ……」

「――あたるをさいわい、右に左にだろ。松の兄イよう」

「――そうそう。それで鮎が無事ご城内に着いたんだよなあ。もう百回聞いたぜ」

あれから十日あまりを経るというのに、まだ松次郎は湯屋で町内の左官や大工たちに冷やかされながら講釈をつづけている。麹町《こうじちょう》で吹聴できない反発もあろう。

陽が落ちた。湯はもう仕舞《しま》い湯になる。日の入り後に薪《まき》を入れ、炎を上げるのはご法度《はっと》なのだ。

半分だけ開けた腰高障子を人の影が埋めた。

「じゃあ杢さん、またあした」

丸顔の竹五郎だ。

「どうしたい、松つぁんは」

「まだ吹いてらあ。まわりの迷惑も考えずにさ」

「あはは。まあ、それだけの手柄は立てたんだから、いいじゃないか」

杢之助はすり切れ畳から上体を起こした。

「なんだよ、杢さんまで」

竹五郎の影は、不満そうに手にしていた濡れ手拭を肩にかけ長屋のほうへ消えた。

「それでいいのさ、左門町は」

またゴロリと横になった。

煤《すす》けた天井が見える明るさはまだある。昼間の風が暑さも運び去ってくれたか、すでに皐月《さつき》（五月）を迎えたにしては涼しい夕刻だった。

「こんどの年末の大掃除には、煤払《すすはら》いだけでなく、雑巾《ぞうきん》がけもするか」

呟《つぶや》くと若干《じゃっかん》の眠気を感じ、目を閉じた。あしたにつながるこの平穏が、李之助にはたまらなく、

（ありがたい）

闇を走ることとさえ辞さないのは、まさしくそれを守るためである。いまは松次郎の自慢話の陰に、人知れず走ったあとなのだ。まだ木戸番人のきょうの仕事は残っているが、浅い眠りを得ることはできた。だがすぐに、

「ほっ」

仮眠を中断し、はね起きるように上体を起こした。住人であろう、左門町の通りに下駄の音がかすかに響いただけだった。

「ふふふ」

身についた鋭敏さに、李之助は苦笑した。半分開けたままだった腰高障子の外は暗く、内と外の区別がつかなくなっていた。

（あの男……）

闇の屋内から闇の屋外に視線をながし、不意に心ノ臓が高鳴るのを覚えた。清次に話せば、

「また取り越し苦労を」

言うかもしれない。だが、鼓動は収まらない。いつもの〝不安〟とは異なった心ノ臓の高鳴りである。あのとき、白壁の外へおびき出したのは朽木虎次郎だけだった。それがなぜ奥方まで……。屋敷内でいったい何があったのか。

（なにやらよからぬことに、儂《わし》は利用されたのではないか）

ならば、奥方を〝殺した〟のは自分と清次だけではない。松次郎も竹五郎も、さらに榊原真吾も蔦屋に鳴水屋も、目に見えぬ陰謀に加担したことになってしまう。

（気になる）

心ノ臓の高鳴る原因はそこにあった。

もう一つ、それはまさしく左門町の平穏への危惧だった。

きょう、まだ風の強い昼間だった。太一がほこりをかぶり、勢いよく木戸番小屋に跳び込んできて、

「――じゃあまた手伝ってくらあ」

声とともにおもての居酒屋へ走ったすぐあとだった。

障子戸がまた、

「──へい、御免なすって」

入ってきたのは、見知らぬ武家屋敷の中間《ちゅうげん》姿の男だった。歳《とし》なら松次郎や竹五郎とおなじ三十がらみに見えた。

「──四ツ谷御門の向こうから来たのでございますが、永井肥前守《ながいひぜんのかみ》さまのお屋敷へ行くのは、この道でよろしゅうございましょうか」

紺看板《こんかんばん》に梵天帯《ぼんてんおび》へ短い木刀を差し込んだ姿で鄭重に腰を折り、問いを入れてきたのだ。他所の者が近辺の道を訊《き》きに木戸番小屋へ寄るのはよくあることで、ときには縁談だろうか、町内の娘の評判を訊きに来る者もいる。その中間が訊いたのは大名家で、あるじの遣《つか》いで初めての屋敷なのだろう。それらしく小脇に袱紗袋《ふくさぶくろ》も抱えていた。訊いたのは武蔵国岩槻《むさしのくにいわつき》藩永井家三万二千石の中屋敷で、街道から左門町の通りを南へ抜け、突き当たった寺町の南手にある。街道を通ってきたのなら、左門町の木戸番小屋で訊くのは理に適《かな》っており、首をかしげる点はまったくない。杢之助が手振りもまじえて説明すると、中間はまた鄭重に礼を述べ、言われた方向に歩をとっていった。

だが、その背を見送りながら、

（――どうも引っかかる）

ものを、李之助はぬぐえなかったのだ。細い目に頬《ほお》の窪《くぼ》んだ顔つきも、李之助の気に入らなかった。

中間は、ほんの一瞬だが李之助を値踏《ねぶ》みするように見つめ、

「――ありがとうございます。近くなのですね」

すぐ腰を折り、目をそらせたのだ。

その者が清次の居酒屋に立ち寄らなかったかどうか、ふらりと街道おもてに歩を運んだが、

「――お中間さん？　そんなの来てませんけど」

志乃もおミネも言い、

「――胸騒ぎ？　気のせいですよ」

清次は言ったものだ。そう言うには根拠がある。李之助も〝気のせいか〟と思ったのだ。源造から朽木家の奥方も〝自害した〟と聞かされたときから、李之助と清次の胸はぬぐえぬ疑念に覆われていたのだ。その疑念に、枯れ尾花まで幽霊に見えても不思議はないだろう。

すり切れ畳に上体を起こしたまま、暗い屋内から闇に閉ざされた左門町の通りを、

なおも杢之助は見つめた。

(あのとき、中間のあとを尾《つ》けておれば……)

思えてくる。中間が教えたとおり岩槻藩三万二千石の中屋敷に入っていたなら、いまの胸の高鳴りはない。だが、もし永井屋敷に行かなかったなら……。木戸番小屋に問いを入れたのは口実で、杢之助の面体を確かめるのが目的だったことになる。

尾けなかったいま、そのどちらとも判断がつかない。

それにしても、武家の奉公人がなぜ……心当たりはない。あるとすれば、朽木屋敷の勝手口に出てきた中間だが、あのときの提灯は清次の持っていた無地のもので、四ツ谷左門町の名入りのものではなかった。左門町と結びつくものは、何もなかったはずなのだ。

それとも誰かの変装か。そうとも思えない。紺看板に梵天帯は板についていた。物腰やみょうにつくった言葉遣いも、明らかに町家ではなく武家奉公の中間のもので、そこに杢之助の目が狂うことはない。

「あらら、杢さん。どうしたのです?」

暗い外に手燭《てしょく》の灯りとともに軽やかな下駄の音が立ち、いつもの声が入ってきた。おミネだ。

「お、これは。つい、ちょいと考え事などしておってな」

「なんですか、考え事なんて。さっき木戸を通った人が、番小屋の戸が開いたままで明かりがなかったって言ってたものだから見に来たんですよう」

言いながらおミネは自分の部屋のようにすり切れ畳に上がり、

「きのうの油、まだ残っていますね」

隅の油皿に火を移し、

「戸を開けたままで明かりもなく、心配するじゃありませんか」

また言いながら三和土《たたき》に下り、

「蚊が入ってこないよう、閉めておきますね」

外から腰高障子を閉めた。手燭の灯りとともに、軽い下駄の音が木戸の外へ遠ざかる。部屋には、おミネの点《つ》けていった灯りのみが残った。火を移すとき、心配などと言っていたが、木戸番小屋の世話を焼くおミネの動作は軽やかだった。洗い髪がパラリと落ち、危うく灯芯の炎にかぶさりそうになった。

「――ほれほれ、気をつけな」

逆に心配するように、杢之助はおミネの細身の背後から声をかけていた。

灯芯一本の灯りが、すり切れ畳と壁に杢之助の影を描きだしている。

（すまねえ、おミネさん）

李之助は、また胸中に念じた。この左門町で人知れず生きるのが、おミネの想いに李之助が応えられる、精一杯の生き方なのだ。淡い明かりのなかに、李之助はまた大きく息を吸い、

「さあてと」

腰を上げた。そろそろ、きょう最初の火の用心にまわる時刻のようだ。

二

「ほれ、やっぱり気のせいだったでしょ」

清次が実際に言ったのは、あの中間の訪《おとな》いがあってから三日目、いつもの長屋の朝の喧騒が終わり、商いに出る松次郎と竹五郎の背を、街道まで出て見送ったあとだった。そのまま李之助が人の往来の脇で伸びをしているところへ、居酒屋の暖簾から清次が出てきた。

中間が道を尋ねに来たあと、左門町には何事もなく、気になる者が左門町をうろつくこともなかった。

「ふむ」

李之助は頷《うなず》きを返した。だが、清次がわざわざそれを言うということは、やはり自分自身も気にしていたためであろうか。

当たっていた。昼めし時の終わりかけた時分だった。

「李之助さん、裏からちょいと店のほうを……と、うちの人が」

志乃が前掛にたすき掛けのままそっと木戸番小屋へ知らせに来たのは、それからさらに二日ばかりを経た陽射しのきつい日であった。

「裏から店のほうをって、誰かみょうな者《の》でも来てるのかい」

李之助は志乃に低声《こごえ》をつくった。

「李之助さんのことを訊いている男がいるのです」

「えっ、儂《わし》の？　分かった」

李之助はすり切れ畳から腰を上げた。脳裡に浮かんだのはもちろん、五日前のあの細目に頬の窪んだ顔だった。

その男は実際、みょうな問いを入れていた。地味な縦縞模様の着物の町人姿になっていた。暖簾を頭で分け、樽椅子に腰掛け、めしの注文をすると、

「そこの木戸番さんだけど、親切そうな人だねえ。いつもいなさるのかい」

「もちろんですよ。木戸の番人さんがいつも木戸番小屋にいるのって、あたりまえじゃないですか」

訊かれたおミネは応《こた》えた。

「ときどき留守にしなさるようなことは、ありませんかい」

ほかの客は引き揚げたあとで、男の声は板場にも聞こえていた。

「あらあら。木戸番さんなら火の用心の見まわりなどで、ちょいと番小屋を留守にするのはいつものことじゃございませんか」

志乃が割って入った。このときだった。

「志乃、お茶を出して差し上げな」

清次が志乃を呼び、木戸番小屋に走らせたのだ。みょうな問いのうえに、町内で杢之助の面倒見のよさを知る者ならともかく、余所《よそ》の者が番太郎に〝しなさる〟などと敬語を使ったことへ、

「ん？」

清次は違和感を覚えたのだ。当然その脳裡には、杢之助から懸念を聞かされていたあの中間とやらが浮かんでいた。

木戸番小屋と清次の居酒屋は背合わせにつながっている。音も立てず裏から入った

李之助は、

「来てるのかい、あの中間が」

低声《こごえ》をつくったのへ、

「着物は遊び人風ですが」

俎板《まないた》に包丁を動かしながら清次は応え、店場のほうへ顎《あご》をしゃくった。

「どれ」

板場の暖簾から杢之助はのぞいた。

「へぇえ、夫婦喧嘩の仲裁まで。そんな親切な番太さんなのかね」

「そりゃあもう」

男はまだ問いかけ、おミネが自慢そうに応えている。

「うっ」

杢之助は暖簾から身を引いた。

「間違《まちげ》えねえ」

町家の遊び人風を扮《こしら》えているが、細い目に窪んだ頬……。

「おめえもよく顔を覚えときな。儂はあとを尾けるぞ」

「へえ」

清次はなおも俎板に音を立てつづけている。

杢之助は木戸番小屋に戻り、ふたたびすり切れ畳に胡坐《あぐら》を組んだ。左門町の通りが見える櫺子窓《れんじまど》のすき間から、視線を外へながした。店を出てから左門町の通りに入らず、街道をいずれかへ向かったなら、志乃がまた知らせに来るだろう。

男があの日の中間であることは間違いない。ならばきょうは変装でふたたび来たことになる。しかも杢之助の日常に探りを入れている。

(まさか、隠密同心)

一瞬思えた。心ノ臓がふたたび高鳴る。相手の得体が知れなければ、わずかな時間でも長く感じられる。櫺子窓の外を通るのは顔見知った町内の住人ばかりで、志乃の下駄の音も聞こえてこない。男はゆっくりと箸を動かしているのだろう。

「おじちゃーん」

「おっ。もうそのような時間になってたか」

木戸を駈け込んできたのは太一だった。

「おうおう、一坊」

杢之助に一瞬の安らぎが走る。

「手伝ってくらあ」

「おおう、行ってきねえ」

手習い道具を荒物の脇に放り置き敷居を跳び出る背を見送った目に、

「……ん」

映った。あの男の背だ。いま木戸を入ってきたようだ。番小屋へは見向きもせず、左門町の通りに歩を進めている。杢之助は間合いを測り、下駄をつっかけ外に出た。

そのまま尾けるつもりだ。

が、

（いかん）

すぐ足をとめた。男はただ歩を進めているだけではない。常に視線を左右に配っている。背後からでも、その用心深さが杢之助には分かる。いまは昼間で、しかも対手《あいて》は杢之助の面体を知っている。あのとき値踏みをするように自分を見つめた目は、気のせいなどではなく、

（実際にそう）

だったのだ。ならば、背後に距離をとっても、一度振り返れば気づかれるだろう。

そうなれば、

（左門町の木戸番人、やはりただの番太ではない）

その見方を強めさせるだけになる。

敷居のなかに身を引いた。

　おりよく、男と通りのなかほどですれ違ったと思われる町内の乾物屋のおかみさんが、木戸番小屋の前を通りかかった。呼びとめた。

「さっき、遊び人風の男が木戸を入ってきたが、気がつきませんでしたかね。見慣れぬ顔なので、ちょいと気になってね」

「あゝ、杢之助さん」

おかみさんは足をとめ、

「それなら湯屋の向かいの脇道、あそこへ入っていったようですよ。なんなんでしょうねえ、薄気味悪い感じだったけど」

「そうですかい。いえね、町から出たんならそれでいいんだ」

「杢さんて、いつも町内に気を配ってくれていて、ありがたいですよう」

おかみさんは木戸を街道おもてのほうへ出ていった。湯屋の向かいの脇道に入れば隣の忍原《おしはら》横丁に出る。どうやら男は、杢之助を探るためだけに左門町へ足を運んできたようだ。ならば五日前の訪《おとな》いは、杢之助の所在を確認するためだったのか。岩槻藩永井屋敷など、ただの口実だったことになる。しかも、その場所を左門町の木戸番小屋で訊くことの妥当性を思えば、計画的だったことがいっそう鮮明になる。

（いったい何者？）

思いが胸中に広がる。得体の知れぬ相手ほど、不気味なものはない。

夜は更けた。

木戸番小屋のすり切れ畳に、灯芯一本の灯りが二つの影を描きだしている。さきほど志乃が、

「ごゆるりと」

冷《ひや》の入ったチロリと一緒に、冷奴の皿を盆に載せ持ってきたばかりだ。

「なあ清次よ」

「へえ」

「皐月もなかばというのに、こうも涼しいと冷《ひや》よりも熱燗《あつかん》が欲しくなるぜ。豆腐も湯気の立ってるのをなあ」

「気が利かねえ女房で申しわけありやせん」

「いや、冗談だ。おめえにはできすぎた……」

「おっと、もうご勘弁くだせえ」

「あはは。それにしても、去年も今年もみょうな夏だぜ」

今年も暑さを感じる日が数日しかなく、いわゆる冷夏が二年つづき、越後《えちご》や上野《こうずけ》、下野《しもつけ》などの凶作が飛騨《ひだ》から武蔵《むさし》、常陸《ひたち》、さらに甲斐《かい》、能登《のと》、越前《えちぜん》、美濃《みの》まで広がり、飢饉の影響が江戸にも押し寄せ、いつ大規模な打ち壊しが起こっても不思議ではない世相となっているのだ。

「おかしいのは、きょうのあの男……」

杢之助よりも、清次のほうが切り出した。清次も今宵、それが話したくて深夜の木戸番小屋に足を入れたのだ。

「ふむ」

杢之助は頷き、

「気のせいでも、取り越し苦労でもなかったようだなあ」

「へえ」

二人とも低声で口調はおだやかだが、部屋には緊張の空気が張りつめていた。

「隠密同心かもしれねえ。あしたにでも源造に探りを入れてみようかい」

「およしなせえ。藪蛇《やぶへび》になりやすぜ」

言った清次の声は掠《かす》れていた。考えられることなのだ。甲州街道での鮎道中に、内藤新宿での蔦屋と鳴水屋の葛藤、それに牛込での朽木屋敷の件と、それらのどこかに町奉行所の疑念を呼ぶような疎漏《そろう》があったのかもしれない。

（そこで奉行所が秘かに動き出した）

としたなら、探りを入れればかえって源造に杢之助への疑念を持たせることになりかねない。この日、話し合ったことといえば、

「このまま、もう少しようすを見ることにしよう」

それだけであった。もう一つあった。

「これはあくまで儂だけのことにしておきねえ。おめえには関わりのねえことだ」

「杢之助さんっ」

清次は声を詰まらせた。

「あはは。みょうな顔をするねえ。榊原さまにもこたびは刀を振るってもらったが、あの中間野郎がチョロチョロしはじめたことを、手習い処に知らす必要などねえってことさ」

「そ、それはもう」

「おめえもだぜ。あくまでおめえは、街道の居酒屋の旦那でいねえ。おめえまで疑われたんじゃなあ、儂の尻に火がつかあ」

「おっと、そろそろ火の用心にまわるころだ」

李之助は板の枕屏風《まくらびょうぶ》にかけた拍子木を、腰を伸ばして取った。

「ちょ、提灯も」

枕屏風の脇のぶら提灯に、清次は油皿から火を移した。〝四ツ谷左門町〟の文字が浮かび上がった。

「も、李之……」

三

ただ待つというのは、心ノ臓にも胃ノ腑にもよくない。だが、見えぬ不安の高まりは一日で解消された。というよりも、不安が具体化し、一歩前に進んだのだ。

翌日よりすこし遅い時刻、手習いから戻った太一が手習い道具をすり切れ畳に放り置き、また跳び出ていってからすぐの時分だった。

「へっへっへ。李之助さんとおっしゃるそうですねえ」

腰高障子が開くのと同時に声も入ってきた。

「うっ」

李之助は胡坐を組んだ腰に力を入れ、すぐ立ち上がれる体勢をとった。細い目に窪んだ頰……あの男である。紺看板に梵天帯の腰に木刀を差した、誰が見ても武家屋敷の中間の形《なり》で来ている。李之助の名を口にしたその声は卑屈を帯び、腰もかがめている。きょうは手ぶらのようだ。

（こやつ、いったい）

思うよりも、

「ほう。これは先日もお越しになった中間さん。こんどはどこのお屋敷をお尋ねで？」

丁重な口調をつくった。

「へへ」

中間はまた卑屈な嗤《わら》いを窪んだ頰に浮かべ、

「李之助さんともあろうお方なら、あっしがこのまえ来たのは、お大名家の屋敷など口実にすぎねえとお見通しのはずと思いやすがねえ」

狭い三和土に立ったまま言うと、うしろ手で腰高障子を閉め、李之助の表情を細い目で凝視した。

「そうかい」

李之助は応じ、

「だったら、まあ座りねえ」

「ほっ。さすがは李之助さん、思ったとおり話が分かるお人のようですぜ」

李之助が荒物を手で押しのけた場に、目は李之助から逸らさないまま腰を下ろし、腰の木刀を抜いて膝の上にのせた。中間が梵天帯に短い木刀を差しているのは、いわば武家奉公の正装で、そこに何の不思議もない。だが、

（ん？）

膝の上にのせたというより、左手でいつでも鞘《さや》にあたる部分を握れるように押さえている姿勢が気になった。

「お分かりで？」

「ふむ」

李之助は頷いた。見かけは木刀だ。それが中間の正装なら、誰の目にもそう映るだろう。

「用件は？」

李之助は声を低めた。木刀は、仕込みなのだ。中間もそれを認めている。

「へへ、李之助さん。いきなり用件などとはせっかちな。せっかく来たのですから、あっしの名前くらい訊《き》いてやってくださいましよ。あっしは牛込の朽木屋敷に仕える

中間で岩助《いわすけ》と申しやす。お見知りおきのほどを」

「えっ」

上体を奥のほうへよじり、頭をぴょこりと下げたのへ、杢之助は軽い驚きの声を上げ、同時に、

(見られたのか?)

不安が込み上げてきた。あのとき、慌てたように足音を奥へ遠ざけた中間と、声も似ている。心ノ臓が高鳴るのを押さえ、

「ほう、岩助さんといいなさるか」

「へえ、さようで」

岩助と名乗った中間は、杢之助を凝視する視線から鋭さを消した。

「さあ、ここへ来なすった用件を言いなせえ。聞こうじゃねえか」

杢之助は見られたものと解釈し、開き直るように応じた。腰高障子を閉めなくても、外からはいずれかの中間が遣いの途中に町家の木戸番小屋に入り込み、油を売っているように見えることだろう。杢之助も緊張を消し、そのようにふるまっている。

「岩助どん、その重い木刀から手を離しねえよ」

「ほっ、これは気がつきませんで。つい、癖になっておりやすもので」

李之助は腰の力を抜き、岩助も仕込みを膝から右脇のすり切れ畳の上に置いた。

「さあて、聞こうか」

「へえ」

部屋には和《なご》んだような空気がながれた。

「しっ」

不意に李之助が叱声を吐いた。腰高障子に影が立ったのだ。李之助にはそれが誰かすぐ分かった。

「おう、バンモク。いるかい」

だみ声とともに勢いよく腰高障子が音を立てた。源造だ。

「これは源造さん。こっちの町はご覧のとおり、静かなもんだぜ」

「いや、きょうは見まわりなんかじゃねえ。その後の宿《しゅく》をちょいとのぞいてみようと思ってな。それで立ち寄ったまでだ。客人かい、お武家の中間さんのようだが」

いかり肩に太い眉毛の男を、岩助は座ったまま怪訝《けげん》そうに見上げている。

「あ、、道を尋ねてきなすったお人でな。ついでに世間話ってとこさ。こちら、四ツ谷を仕切ってなさる岡っ引の親分だ」

「えっ。あぁ、さようで」

瞬時、岩助は驚いた表情になったが、すぐ平静に戻り、座ったまま、またぴょこりと頭を下げた。

「おう、やっぱりな。はは、堅苦しいお屋敷奉公じゃ、こんなところででも骨休めしたくなろうよ」

「こんなところは余計だ。で、宿《しゅく》へ行ったら向こうのようす、帰りにでもまた寄って聞かせてくんな。あ、それに、ここへ客人でお茶を切らしているんでって、おもてにちょいと声をかけておいてくんねえか」

「なに、俺を使いっ走《ぱし》りにかい。ま、いいともよ」

源造は三和土に立ったまままきびすを返した。しばらく平穏がつづいているせいか、機嫌よさそうだった。きょうは実際に、内藤新宿へその後のようすを見にいく途中に寄っただけのようだ。杢之助がおもてに言付けを頼んだのは、清次にあの中間がいま来ていることを知らせるためである。

木戸番小屋には、ふたたび杢之助と岩助の二人になった。

「岡っ引ですかい、さっきのお人」

言いながら岩助が、源造が開けっ放していった腰高障子を閉めようと腰を浮かせたのへ、

「そのままにしておきねえ。この季節だ。そのほうが自然てえもんだぜ」

「ほっ、自然……ねえ。なるほど、さすが李之助さんだ」

感心したように腰を元に戻した。

「さっきからおまえさん、さすがさすがって言ってなさるが、儂《わし》の何がさすがなんだね。聞かせてもらおうじゃないか、きょうの用件をよう」

「そのことなんですがね」

岩助はまた上体を奥のほうへねじり、

「さっきの人じゃなさそうですねえ。ま、岡っ引じゃあたりまえでやしょうがね」

視線を李之助に合わせた。

「何があたりまえだ、さっきの人じゃねえって」

「へへ、拝見させてもらったんでさあ。もう一人のお方と息の合ったところをネ」

「だから何を。おめえさんの言ってること、分かんねえぜ」

すでに李之助は、朽木虎次郎を足の一撃で斃《たお》した場面を見られたものと解釈している。迂闊《うかつ》であった。うまく勝手口の外へおびき出し、見られていないはずが見られていたのだ。しかも、

（それがなぜ左門町に結びついた？）

あらためて疑念が脳裡を駈けめぐる。

「とぼけなすっちゃいけやせんぜ。闇に影が二つ、素早い動きでござんしたねえ。死体を見やした。どのようにお殺《や》りなすったので？　疵《きず》もなけりゃ血も出ていねえ」

「見たんじゃねえのかい」

そこへ、

「あらあら、開け放しですね。源造さんから聞きましたもので」

志乃だった。

「あっ。きのうの」

「おじゃましてやす」

志乃はきのうの客にいま気づいたふりをし、岩助もぴょこりと挨拶を返した。

「とりあえずお茶だけですけど」

志乃は、部屋に差し迫った危険のないことを感じ取ると、

「ごゆるりと」

障子戸をそのままにすぐ退散した。

「見させてもらいやしたよ」

志乃の影が障子戸の視界から消えるなり、岩助は視線を杢之助に戻し、

「ですがなにぶん奥からで。それに提灯ひとつの灯りじゃねえ」

「そうかい。で、なんでおまえさん、この左門町を？」

「へっへへ」

岩助は杢之助の疑問を悟ったようだ。

「あのときは真っ暗で、小雨が降っておりやしたねぇ」

「あ、降っていた」

「おたくら、提灯を一つ点《つ》けてなすった。格好の目印でさあ。それに、雨が足音を消してくれておりやしたよ」

「…………」

「あれは、牛込御門のところでござんしたねぇ。雨が熄《や》み、おたくら物陰で提灯をもう一つ増やしなすった」

「あっ」

杢之助はまた小さく声を上げた。

「さようでさあ。灯りが物陰から出てきたのを見て驚きやしたぜ。四ツ谷左門町、木戸番小屋の提灯じゃありやせんか」

「そうだったのか……そこを見たのか」

「へえ、さようで。素性さえ分かりゃ、あとはもう尾ける必要などありやせん。屋敷へ急ぎ戻りやした。さっき来なすった太い眉毛の人、あのときの相方《あいかた》にしては感じが違うなと思いましたのでさあ」

「それで、岡っ引と聞いてビクリとしていたのか。なぜだ。ま、順を追って聞こう。それから屋敷はどうした」

「へへへ。なにもかも話しますさあ、李之助さんの信を得るためにネ」

岩助は細い目に卑屈な嗤いをのせ、李之助を凝視した。

「儂の信？　まあ、いい。先をつづけてくれ」

「へへ。つまり李之助さんがお知りになりてえのは、殺《や》ったのは虎次郎一人なのに、なんで奥方の死体まで増えやがったかってことでがしょ」

「あゝ」

李之助は上体を前にかたむけた。

岩助の語り口には、あるじ夫婦に対する敬語も忠義のかけらもない。年季奉公の渡り中間ならそのようなものかと、李之助はみょうに納得した。そのほうがかえって話は聞きやすいだろうし、提灯の件もどうやら岩助の胸三寸に収まり、屋敷には洩れていないようだ。

「あの屋敷には、以前から揉《も》め事がありましたのさ」

岩助は話しはじめた。朽木虎次郎には息子が二人いるそうな。嫡男《ちゃくなん》が尚一郎《しょういちろう》で次男を賢二郎《けんじろう》といい、今年二十三歳と十九歳らしい。兄弟仲は悪く、しかも嫡男の尚一郎は素行が悪く、十代のころから夜遊びを覚え、家の金を持ち出しての朝帰りも珍しくはなく、町家の与太が屋敷へ訪ねてくるのも常で周囲の屋敷の顰蹙《ひんしゅく》を買っており、いまも外に女がいて屋敷を留守にするのもしばしばのことらしい。それもけっこういかがわしい女で、

「知ってまさあ。尚一郎の遣《つか》いで何度か訪ねやしたからね。ころび茶屋でころんでやがる女で。ま、色っぽい女狐って感じでさあ。へへへ」

話しながら岩助は口元に卑猥《ひわい》な嗤《わら》いをつくった。ころび茶屋とは、寺社の門前町などで一分《いちぶ》にも満たない一朱金の二、三枚も握らせればすぐころぶ女を置いている茶店のことである。つまり、おもてはお茶処だが実は岡場所といった類《たぐい》で、

「へへ、あっしも尚一郎のお供でネ、いい思いをさせてもらったことが何度かありまさあ。場所は市ケ谷でしてネ」

岩助はまた口元に嗤いを浮かべた。歳は松次郎や竹五郎に近いようだが、住む世界がまったく異なっている。

「――父親の血を引いたのだろう」

屋敷に古くからいる者は言っているらしい。つまり父親の虎次郎から、実直さに欠ける旗本だったようだ。

一方、次男の賢二郎は、

「あっしから見りゃあ堅苦しいっていうか。ま、学問に剣術にと打ち込んでおいでのようで。奥方なんざ家の者に、賢二郎こそあたしの血を引いた息子って口癖のように言ってましたよ。あれじゃきっと親戚筋にも、賢二郎、賢二郎って言いふらしてたんでござんしょうなあ」

中間や腰元の口は、意外と屋敷の真実を伝えるものだ。岩助の言葉はつづいた。

数年前から屋敷の奥向きと親戚のあいだで、

「――放蕩《ほうとう》者の尚一郎を廃嫡《はいちゃく》し、朽木家四百石の相続は次男の賢二郎に」

との話が出ていて、それが最近、

「あっしら奉公人のあいだでもささやかれはじめやしてね。当然、当人の尚一郎の耳にも入りまさあ。それでここんとこ、焦っているようでやしたよ。そこへ起こったのが、あるじ虎次郎の強欲ってやつでさあ。この先は李之助さんもご存知のはずで。さっき岡っ引と李之助さんが話してた内藤新宿のようすってのは、つまり蔦屋と鳴水屋のことでがしょ。へへ、あっしも死んだ虎次郎に言われて蔦屋の若い者を何人か襲わせてもらいやしたからねえ、その話にはけっこう詳しいですぜ。ところが策は失敗どころか、口封じに出た三人も戻ってこなかった。さすがは内藤新宿でござんすねえ。あの三人はネ。確かに朽木の屋敷《うち》の用人さんと若党二人でござんしたよ。まったく、くわばらくわばらで。あっしも駆り出されていたなら、いまごろどこにどんな死体となってころがっていたか分からねえところでござんしたよ。屋敷で首を打たれたあっしの仲間も、憐れなもんでさあ」

杢之助は相槌を打ちながら聞いている。すべてが合っているのだ。岩助はさらにつづけた。

「内藤新宿へ出張った三人を待っているときでござんしたよ。裏の勝手口を叩く音がしやしたのは。あのとき出かけたお三方を勝手口で待つのが、あっしに振られた役目でござんしたからね。ところが叩き方が申し合わせと違っている。ちょいとようすをみて、つぎに三人とは違う声で内藤新宿からって言うもんですから、焦りやしたよ。へへ、そのあとでござんしたねえ」

「もういいぜ、岩助どん。おめえもかなりの悪党のようだなあ。それに運もいいようだ。安心したぜ。おめえのことだ。その話、ほかに洩らしちゃいめえなあ」

ひさびさに杢之助は凄《すご》みのある口調をつくり、ジロリと岩助を睨んだ。

「おっと」

岩助は上体をうしろへ反らせ、

「仲間の三人が首を打たれ、二本差しの三人も戻らねえ。あるじの虎次郎はアッという間に斃《たお》される。こんな凄《すげ》え話、他人《ひと》に話せますかい」

「それでいい。それでいいんだぜ、岩助よ」

凄みのある自分の口調に、杢之助は高鳴った心ノ臓がかえって収まるのを覚えていた。

「話しねえ、屋敷でホトケが一つ増えた理由《わけ》をよう」

「へえ、それなんでさあ。さっきのつづきになりやすがね」

腰高障子の外を人の影が横切った。清次だ。心配して、ようすを窺《うかが》いに来たのだろう。開け放したなかにチラと視線を入れていたが、上体をねじって杢之助と向かい合っている岩助からは見えない。

影がもう一つ、町内の顔見知りのおかみさんだ。声が聞こえてきた。

「あ、おかみさん。買い物ならあとになさっては。いま杢さんにはお客さんがお出《い》でのようだ。わたしもそれで引き返すところさ」

「これはおもての旦那。そうね、急ぐ買い物でもないし」

下駄の足音が遠ざかった。荒物を買いに来たのだろう。清次がうまく追い返したようだ。清次の目に映ったいまの杢之助には、かつて盗賊であったときの、副将格の表情がよみがえっていたのだ。

岩助は腰を上げ、周囲に気を配るように外を見ると、

「やっぱ、ゆっくり話すには」

腰高障子を閉めた。

「いいだろう」

杢之助は低く呟き、岩助はすり切れ畳にふたたび腰を落とし、身を杢之助のほうへよじった。

「話したでがしょ、長男廃嫡で四百石の跡目は次男の賢二郎にって」

「ふむ」

さきほどの話とつながった。

「それを最も強く言ってたのが奥方でさあ。なかば強引にってえ感じを、あっしらは受けておりやしたよ。そこへおやじの虎次郎が逝《い》っちまった。もちろん理由を、尚一郎はうすうす感じてまさあ。鮎の件には尚一郎も加担してたのでやすから。そこで奴

め、あっしに持ちかけやしたぜ」

「何を？」

李之助は一膝前にすり出た。岩助も上体を前にかたむけ、いっそう声を低めた。

「──母上にも自害してもらえれば……おまえにもいい思いをさせてやるぞ」

尚一郎は岩助に言ったという。

「屋敷はあるじの変死で右往左往でさ。ご嫡男尚一郎さまの期待にあっしは応えやしてネ。二人でゴタゴタの隙を突き、奥の部屋で奥方を自害に見せかけ……」

「殺《や》ったのか」

「へえ。武家では長男がお家を継ぐのが慣わしでござんしょ。その順序を違《たが》えようってのは……ねえ。それであっしは、ご嫡男さまに加勢したのでさあ」

「ふふふ」

李之助は含み嗤いをし、

「くだらん屁理屈《へりくつ》を言うようじゃ、おめえ、根っからの悪党とはいえねえぜ」

「いえ。あっしは、なにも……」

「まあいい。その順序を違えようとしていた奥方がいなくなりゃあ、嫡男の尚一郎とやらが跡目を継ぐのが、自然の成り行きってえ寸法かい」

「そうでさあ。だからあっしは……」

「つまり尚一郎は、武家の慣わしどおりにと、そこにおめえは手を貸したと」

言いながら杢之助は、その惨《むご》さに吐き気を感じていた。だが表情には見せず、

「おめえ、なんでそこまで儂に話す。目的はなんだ。言ってみろい」

「へえ、申しやす。尚一郎はもう朽木家の当主になってまさあ。おかげであっしは小遣いに不自由しやせん」

「旗本四百石が金ヅルだからなあ」

「そのとおりで。ですがね、いくらご当主に目をかけてもらったって、中間が侍になれるわけはありやせん」

「そりゃそうだろうよ」

「そこで考えましたのさ。この一連の鮎道中の処理……三人の二本差しを人知れず葬り、あるじを瞬時に斃すなんざ。その手際のよさ、ほれぼれしまさあ。噂には聞いておりやした。金で殺しを請負《うけお》うお人らがいなさるってことをネ。あの夜、ここの木戸番小屋の提灯を見たのが、あっしにゃあ幸運だったように思えてならねえんでさあ。杢之助さん、単刀直入に訊かせてもらいやすぜ。もう一人のお方はどなたで？　それに、いくらで請《う》けなすったので？」

「なんだと？」

　李之助は前にかたむけていた上体を元に戻した。

「あ、これは失礼いたしやした。なにもかも包み隠さず話しやしたもので、もうすっかりあっしを信じてくだすったものと思い込んでおりやした」

　言うなり岩助はすり切れ畳から腰をはずし、下の三和土に座り込んだ。足を折り、正座である。腰高障子は閉めてある。外からは見えない。両手をついた。李之助にはその意図が分からなかった。岩助は言った。意外だった。

「あっしを、仲間に加えてくだせえ。あっしに殺しもできるってえことは、さっき話したとおりでござんす」

　李之助はとっさに判断した。

（ここで追い返すのは危険）

　穏やかな口調をつくった。

「ま、手を上げねえ。岩助さんよう」

「へえ」

　岩助は手を上げたが、膝は崩していない。

　李之助は言った。

「この道はなあ……」

「へえ」

「一度踏み込んだら、一生抜けられねえんだぜ。それでもいいのかい」

「もちろんでさあ。その覚悟はできておりやす。もう、ゾクゾクしてきまさあ」

その言葉に、李之助は無性に腹が立った。

四

「そんな話だったのですかい。また、とんだドブ鼠《ねずみ》が飛び込んできたもので」

灯芯一本の灯りを受け、清次はすり切れ畳に声を忍ばせた。

「許せるかい、そんな野郎をよう」

語る李之助の声は、腹から絞り出すように掠《かす》れていた。〝一生抜けられねえ〟因果に〝ゾクゾクしてきまさあ〟……そこに李之助は、言い知れない怒りを感じている。

「許せるも許せないも、李之助さん。その岩助とやら、あの場を見たんですぜ。しかも左門町の提灯まで」

「それをあのバチ当たりめ、儂らを金で殺しを請負う闇の者だと……」

岩助は三和土に膝をそろえ、杢之助を見上げながらさらに言ったのだ。

「――分かっておいででござんしょうが、あっしを仲間にしなきゃ……ネ。お上の手が木戸番小屋に入るなんざ、けっこう評判になりやしょうが、あっしはそんな場を見たくねえもんで」

油皿の炎が、まっすぐ上に伸びている。現場を見られ、所在も知られている。考えるまでもない。火の粉はすでに、

（身に燃え移っている）

九尺二間の木戸番小屋の中に、二人の視線は無言の頷《うなず》きを交わし合い、

「あっしら、二人だけで……」

「そうしなきゃなるめえ」

おなじ動作で湯飲みを一気に呷《あお》った。

話はそのための算段に入った。

「さいわい宿《しゅく》の蔦屋さんも鳴水屋さんも、その後はうまく行っているようで、背後は安心できまさあ」

まだ明るい時分、源造は内藤新宿からの帰り、清次の居酒屋に立ち寄り機嫌よさそうに話したのだ。

「ふふ、ドブ鼠の岩助め。あとでつなぎをとるからと言うと、しおらしく帰ってい きやがった。このことは誰にも話さず、儂から声がかかるのを凝《じ》っと待っていろって 言い渡してな」

「向こうさんの所在がはっきりしていて、逃げ隠れもしねえ相手であれば……」

「殺《や》りやすいが、その死体をどうするか、ちょいと骨が折れるがなあ」

「宿《しゅく》の久左さんに頼むわけには……」

「いくめえよ。久左どんは内藤新宿に店頭《たながしら》の看板を張っていなさる人だ。他所《よそ》の町 の揉め事に、手は染めなさるまいよ」

「そのとおりで」

清次は恐縮したようにまた湯飲みを口に運び、

「で、屋敷の賢二郎さんとかいう若《わ》え次男坊は、いまどのように?」

「それよ。ドブ鼠の話じゃ、長男の尚一郎め、さすが弟まで始末するにはまだ至って いねえようだ。屋敷に死人《しびと》がつづいたとありゃあ、みょうな噂も立とうよ」

「まだ、とは?」

清次は問いを入れた。

「――次男は部屋住《へやずみ》になって、怯《おび》えながら暮らしておりまさあ。ま、賢二郎は尚一郎が母君を殺ったことに気づいておりやしょうよ。尚一郎め、あっしにまた助っ人を頼んできましょうよ。こんどはどのくらいで請負うか、いまから算段しておりやすところで」

岩助は言っていた。

「ならば、朽木家にはもう一騒動が……」

「おっと清次よ。そいつは他家《よそ》さまのことだ。こっちへの火の粉にはならねえぜ」

「もちろん」

清次は返し、

「つまり、あっしらも他には関わらねえ、左門町の店頭ってことで」

「それも、おもてに見せちゃならねえ闇走りの……な」

李之助はつないだ。

五

「おう、待ちねえ」

松次郎の朝の声に、李之助が言いながら下駄をつっかけたのは、

「――岩助を……」

清次と話し合ってから四日目の朝であった。

人知れず葬《ほうむ》るには、

「――雨の日ならば」

店を早くに閉め、おミネも太一も長屋に引き揚げ、人通りは絶え、源造が出歩いていることもない。虎次郎のときと、周囲の状況はおなじとなる。あの日、二人の姿を見たのは岩助一人だ。その岩助の息の根を、こたびはとめに行く。

けさがた目覚めたとき、眠さは日の出前の感覚だが、外はまだ暗かった。

（――雨か！）

雨音がない。それでも期待を持って外に出た。東の空がかすかに見える。雲だ。それも低く、厚い層のように感じられた。朝のすがすがしさより、じっとりとした湿気が感じられる。

（――降るぞ）

確信を持った。同時に、あらためて念じた。

（――儂にとっての火の粉だからじゃねえ。世の為、生かしておいちゃならねえ奴）

金で人を殺《あや》めたがっている男だ。それを葬る日の朝を、いま迎えているのだ。

「杢さん、どうしたい」

木戸番小屋から呼びとめられ、立ちどまって応じたのは竹五郎だった。背中の道具箱がカチャリと音を立てた。

「なんでえ。この空模様だ。早く行って早く帰らなきゃならねえんだ」

松次郎も立ちどまって振り返った。

「すまねえ、すまねえ。この天気にどこをながすのかと、ちょいと心配になってな」

「心配ご無用さ。近場も近場。裏手の寺町よ。正覚寺と顕性寺から来てくれと、きのう言付けが入っていたのよ」

「それで俺もそのおこぼれってわけよ」

松次郎に竹五郎がつないだ。左門町の通りを南へ突き抜けたところ、岩槻藩永井家三万二千石の中屋敷の手前の寺だ。なるほど近い。それにお寺の鋳掛物は一度にいくつも出るので、松次郎にとっては上得意であり、しかも四ツ谷一帯のお寺は松次郎の縄張でいつもご指名がかかる。竹五郎もおなじだった。煙草をたしなむ坊さんはけっこういる。しかも坊さんともなれば、キラキラ光った高価な彫刻入りの煙管よりも、

「竹五郎さんの彫った竹笹は、ほんに自然の味わいがあっていいねえ」

と、その素朴さを気に入ってくれている常連さんがかなりいる。本堂の軒端《のきば》を借り

て羅宇竹に彫《ほり》を入れている竹五郎の姿は、もう左門町裏手の寺町では境内《けいだい》の風景の一つともなっている。

「そりゃあいい。お寺さんなら雨が降っても仕事ができらあ。気張ってきねえ」

「さあ、行こうぜ。竹」

「おう」

松次郎があらためて両天秤の紐をブルルと振れば、竹五郎は背の道具箱を両手でグイと押し上げ、また音を響かせた。街道への木戸ではなく、左門町の通りを南へ歩をとる二人の背を杢之助は見送るように見つめ、

(この環境、護らにゃならねえ)

心に念じた。

そのまま街道に歩を向けた。旅衣装の往来人、荷馬に大八車と、とっくに一日は始まっている。荷馬や大八車は、雨を予測してか晴れた日よりもいくらか慌しく動いている。

「降らねえうちに急ごうぜ」

「おう。午《ひる》までには終えねえとなあ」

聞こえる。大八車の二人が声をかけあい、荷馬を追い越していった。曇り空で湿気

を含んでいるせいか、土ぼこりはさほど立っていない。

旅に出る者を見送った帰りか、縁台にお店者風の客が三人ほど座った。

「大丈夫かなあ、降られなきゃいいんだが」

「街道にはたちまち難所がふえますからねえ」

いよいよ誰の目から見ても降りそうな気配だ。

「あら、杢さん。一杯飲んでいきます？」

「いや。番小屋でさっき沸かしたばかりだから」

縁台に茶を運んだおミネが声をかけ、店へ入ったのと入れ替わるように、

「降りそうだねえ」

清次が暖簾から出てきた。杢之助は木戸番小屋に戻ろうとしていた足をとめ、

「へえ、そのようで」

空に視線を投げ、手をかざした。

「あらあら杢さん。まだ降っちゃいないよ。清次旦那も、空を見たってあの雲、消えてくれそうにありませんよう」

通りかかったのは一膳飯屋のかみさんだった。朝から用事で出かけていたのか街道のほうから戻ってきて、木戸の前で三人が立ち話のかたちになった。

「あはは。きょうはおかみさんとこも仕込みを減らしなさるかね」

「あたりまえさね」

「清次旦那のとこも、きょうは早仕舞いしなさるかね」

「あゝ、降ればね。早い時刻でも暖簾を下ろすことにするよ」

「そうなりゃあ、儂も荒物をかたづけまさあ」

降れば、

（行く）

杢之助と清次の、互いに確認しあった言葉となった。

「そうそう。帰って足洗いの桶を出しておかなくちゃ」

「あ、番小屋もだ」

一膳飯屋のかみさんにつづいて、杢之助も木戸番小屋のほうへきびすを返した。敷居をまたぐと、ならべた荒物はそのままに長屋の井戸へ水を汲みに行った。

「おや。杢さんも準備かね」

「あゝ。お百姓衆にはいい雨になるかなあ」

おなじように桶を持って出てきた大工のおかみさんに返した。井戸端では釣瓶の音につづいて、水の音が立つ。雨が降りそうなときの、いつもの用意である。木戸番小屋の三和土にも、足洗いの水桶が置かれた。

待った。

降りそうでなかなか降ってこない。

午《ひる》が過ぎた。蒸し暑さが感じられる。街道の動きに、晴れた日の夕刻を思わせる慌しさが感じられはじめた。雲の具合から、降ればにわか雨などではなく、街道の一日はそれで終わりを迎えそうだ。

「ほっ」

杢之助は櫺子窓《れんじまど》のすき間から視線を外へ投げた。

「とうとう降ってきやがったな」

顔見知りの職人が声にだし、やおら半纏《はんてん》を頭にかぶせたのが見えた。シトシトと振り出したのが、この雨の長引くのを示している。

「よし！」

杢之助は気合を入れ、すり切れ畳の荒物を片付けにかかった。といっても、まだ昼間である。待つなかに、昼八ツの鐘が聞こえてきた。太一が跳び込んでこない。振り出した雨で、直接居酒屋へ駈け込んだのだろう。だが、

「おじちゃーん」

すぐに聞こえた。腰高障子を引き開け、傘に雨を受けながら、

「きょうはいいって、清次旦那が。お店、早く閉めるみたいだよ。おっ母《か》アももうすぐ帰るって」

首だけ敷居のなかに入れると、

「湯に行ってくらあ」

外から戸を閉め、ピチャピチャと足音を立て遠ざかった。もう裸足《はだし》になっている。

清次は今宵出かける環境を、すでにつくりはじめたようだ。

陽が出ておれば、西の空に大きくかたむきはじめる時分である。一帯はもう薄暗くなっている。

「おう、いま帰《けえ》ったぜ」

松次郎と竹五郎が正覚寺の傘を差し、木戸番小屋の腰高障子を開けた。見れば湯屋の帰りのようで、二人とも天秤棒も道具箱も持っていない。

「お寺さんの仕事、二人ともあしたへのつづきとなっちまったい」

「商売道具は正覚寺さんに残してきてさ。手ぶらになったのでちょいと湯屋へさ」

交互に言う。

好都合だった。

「そいつはちょうどいい。儂の市ケ谷の同業で足腰の悪いのがいてなあ。こんな日にはけっこう痛むって言ってたから、ちょっと見舞いによ。二人で留守をみててくれねえか。なあに、木戸を閉める時分には帰《けえ》ってくらあ」

「いいともよ」

「雨の中をわざわざ見舞いとは、杢さんらしいや」

二人の声に杢之助は腰を上げた。

清次の居酒屋はすでに暖簾を下げ、雨戸も出入りのため一枚開けただけとなった。

おミネはもう長屋に帰っている。

志乃が傘を差し、木戸番小屋に冷《ひや》を入れたチロリと心ばかりの肴《さかな》を運んだ。

「おっ、これはありがてえ。今夜ここで夜明かししてもいいぜ」

「杢さんも帰ってくれれば一緒によ」

「それまで起きていなくちゃ、留守番にならないですからね」

上機嫌の松次郎と竹五郎に志乃は返し、

「では、ごゆっくり」

腰高障子を外から閉めた。

左門町を留守にする準備は、すでに整った。

「行こうか」

店の残り物で腹ごしらえを済ませ、杢之助は腰を上げた。そろそろ暮れ六ツ（およそ午後六時）に近いが、外はもう提灯を持ってもおかしくないほど暗くなっている。二人には道を照らす提灯は不要だ。だが、杢之助のふところには〝四ツ谷左門町〟の提灯が、清次には、

「おまえさん、これ」

志乃が無地のぶら提灯を手渡した。

おもての通りに、人影はすでになくなっている。

六

頭の笠に雨を受け、肩は蓑《みの》で覆っている。二人とも裸足である。幾人かの往来人とすれ違う。いずれも、雨の日でも日延べできない事情があるのだろう。

「降りますなあ、めんどうなことで」

桐油合羽《とうゆがっぱ》に傘を差し、笠だけの丁稚《でっち》をともなったお店者風とすれ違った。

「まったくです」

杢之助は返した。

その足音も聞こえなくなった。

「この日をわざわざ、あっしらは選んだんでやすねえ」

「因果なものよ」

泥水を踏む足音と笠に受ける雨音のなかに清次は声を忍ばせ、杢之助はポツリと返した。

「あのドブ鼠め、一生拭《ぬぐ》い去れない因果に、ゾクゾクするなどと言いおった」

つづけた言葉には、やはり憤《いきどお》りが込もっていた。

「へえ」

清次の返事は、腹の底から絞り出したような声になっていた。

外濠の流れは雨音ばかりで、まだ水嵩《みずかさ》は増していないようだ。これから徐々に増すことだろう。

市ケ谷の八幡町も、常店に明かりが間隔をもって灯るばかりで、片方の簀張《よしずば》りは暗く無人であった。普段なら茶汲み女の黄色い呼び込みの声が競うように聞こえ、縁台には酔客《すいきゃく》や嫖客《ひょうかく》にそぞろ歩きの男女が腰掛け、時には源造が見まわり、ただ酒などを喰らっている時分である。

「おなじになりやしたねえ、この前と」

「ふむ」

清次の言葉に、杢之助は重く返した。牛込御門へ近づくにつれ、胸に塞《ふさ》がるものを込み上げさせていたのだ。武者震いなどではない。今宵の殺し……、

(所詮《しょせん》、わが身のためではないのか)

岩助を〝生かしちゃおけねえ〟と感じたときから、杢之助の胸にあった躊躇《ちゅうちょ》の念である。

(違う。世のため……生かしておいちゃ為にならねえ奴なんだ)

この四日間、何度おのれに言い聞かせたであろうか。

雨はなおも降りつづいている。

二人の足は、市ケ谷御門前の町家に入った。灯りがポツリと見えるのは、常店の蕎麦屋のようだ。足をとめた。

「えー、ごめんなすって。提灯に火を」

清次が声を入れ、二人の手に灯りが入った。やはり気になるのか、杢之助は提灯の文字を見えぬよう内側にした。

「それがよろしゅうございやしょう」

と、清次。二人はふたたび泥水を踏み、外濠に沿った往還を離れた。朽木屋敷はもう近い。二度目である。歩を踏みながら、

(世の……為だ)

李之助はあらためて、おのれに言い聞かせた。

笠に落ちる雨音と、素足が泥水を踏む音のみが聞こえる。武家地に入った。昼間でも人通りは少なく、雨の夜とあってはまったく無人の空洞となっている。よほど大きな声を出さぬ限り、屋敷の白壁の中にまでは聞こえないだろう。

「あそこだったなあ」

「へえ」

二人は立ちどまった。前方の角を曲がれば、朽木屋敷の勝手口だ。

清次一人が歩を進めた。李之助は角に火を持ったまま佇《たたず》み、提灯に水が入らぬよう片手で覆いをしている。

「一生……抜けられねえんだぜ」

水音へ、呟きを滲《にじ》ませた。

歩を進めた清次は、勝手口の板戸を叩いた。

二度、三度……。

「どちらさまで?」

ようやく応じた声は、

(岩助)

居酒屋で、聞き覚えのある声だ。

「えー、こちらのお中間で岩助さんへ。四ツ谷の左門町から来たと言っていただければ分かると思いますが」

「えっ、左門町!」

反応があった。果たして岩助である。

「杢、杢之助さんと声が違うようだが」

「おかしらはそこまで来ておいでです。屋敷では話せやせん。ちょいとご足労を願いてえと」

「えっ、おかしら? さ、さようですかい」

小桟《こざる》を引く音が雨音へかすかにまじり、板戸が動いた。

笠が窮屈そうにのぞき、前を上げた。間違いなく細い両目に頬の窪んだ、岩助の顔である。紺看板に梵天帯を締めている。その半身をまだ板戸の中に置いたまま、清次

が自分の顔に提灯をかざしたのへ怪訝そうな視線を向け、

「見慣れねえ顔だが……」

「無理もねえ。俺はあんたに会うのは二度目だが。ほれ、左門町の街道おもての居酒屋さ。あのとき板場におりやしてねえ」

「えっ、そんなところに潜んで……？」

「潜んでなんかいねえ。そこの亭主で」

「えぇ！　さようでしたかい。木戸番小屋と背中合わせ……こいつは参りやした」

岩助は全身を板戸の外へ出した。腰を伸ばし、

「あっ」

声を上げげた。あのとき提灯の灯りのなかに、杢之助とともに機敏な動きを見せた影と輪郭が似ている。

「そういうことさ。俺がここへ来るのも二度目ということで」

「さよう、さようでしたかい。で、杢之助さんはどこに？」

岩助は身を固くしてあたりを見まわすが、すべて闇である。雨のみが提灯の近くに線となって見える。

「その前《めえ》に、おめえさんが出てきたのを、ほかの誰かに見られておりやせんかい」

「大丈夫でさあ。雨のこんな時分、この裏戸の近くにいるのはあっしだけですから」

岩助は言いながら背後の板戸を閉め、

「ここでござんしたねえ、あのときは。で、杢之助さんは？　おっと、さっきおかしら、と称《よ》びなすったが。やっぱり、あのお人がそうでしたかい」

「そういうことだ。おかしらへ直《じか》に仲間にしろなどとかけ合ったのは、おめえさんが初めてだ。おもしろがっていなさったぜ。ついて来な」

清次の落ち着いた口調に岩助は安心感を得たか、裸足の清次につづいた。岩助も裸足である。

「この先だ。こんな日だから、提灯を持っていても人目につかねえのさ」

「じゃあ、わざわざこの日を選んで？」

「そうさ。わざわざ、な」

清次の言っているのは真実である。それを岩助は感じ取ったか、恐縮したように、

「厳しいんでござんすねえ、この道も」

「あたりめえだ。毎日が命のやり取りみてえなもんだからなあ」

清次の伝法なしゃべり口調は付け焼刃ではない。これが本来なのだ。岩助はますます信用し、

「おかしらはどこに？」

角を曲がった。前方に、小さな灯りがポツリと見える。

「あそこだ」

「えっ、あんな道端で？」

「だからよう。人と会うのにみょうな細工はかえって目立たあ」

「へえ。さようで」

声にいくぶん心細さを見せたようだ。雨の夜に、やはり不安がともなうのはやむを得ないだろう。

近づくにつれ、前方の灯りに人影が凝《じ》っと立っているのが見えてくる。

「あのお人で？」

岩助は落ち着いた口調に戻った。輪郭が、

（杢之助さん）

なのだ。

「きょうはとりあえず、おかしらと俺の二人だけだ」

「へえ」

その言葉に岩助は安堵を得た。二人とも、所在の知れている相手である。さらに近づき、目をこらせば提灯の文字までも読めるほどとなった。

――四ツ谷左門町

「ほっ、間違《まちげ》えねえ」

岩太は声に出した。

李之助は提灯を自分の顔の高さに上げた。

「おぉ、やっぱり李之助さん。いや、おかしら」

声が弾んだ。

「こんな雨の日に、済まねえなあ」

「何をおっしゃいます。俺のほうこそ」

岩太はもうすっかり言葉をあらためている。

李之助はそれに合わせ、

「きょうはおめえの所在を確かめてからなあ、覚悟のほどをじっくり聞かせてもらいてえと思ってな」

「へえ」

岩助は笠をかぶったままぴょこりと頭を下げた。

「分かったらついてきねえ」

清次が先頭に立ち、泥の往還に歩を進めた。さきほどの道を返している。

「こういう日はな、外が一番安全なんだ」

「そのとおりで」

杢之助とならび、岩助は安心しきっている。清次が背後についたなら、やはり不安を覚えただろう。だが自分が相手の背を見ながら歩き、杢之助は横に歩をとっている。これも殺しの場へ岩助をおとなしく連れ出す、心理策の一環である。

「岩助よ」

「へえ」

杢之助は雨音の立つ笠の中から語りかけた。岩助の返答も、もうすっかりおかしらと乾分《こぶん》の語り口調になっている。

「おめえ、これまで屋敷の奥方以外にも、人を殺《や》ったことはあるかい」

「へえ、まあ。あると言やああるような、ないと言やあないような」

「はっきりしろい。この稼業、曖昧《あいまい》は許されねえんだぜ」

「へい、申しわけありやせん。博打《ばくち》のいざこざで、半殺しにしたのは何人か……」

「ならば、殺しは奥方が初めてというわけだな」

「ま、そうなりやす。ですが……」

「一人殺りゃあ、あとは二人殺ろうと十人殺ろうと、おなじことじゃござんせんか。あっしはもう、そのつもりになっておりやすぜ」

「なんだ」

「…………」

李之助は刹那《せつな》、この場で蹴りを入れたい衝動に駆られた。これまで自分が殺《あや》めた相手は、一人ひとりが異なった別人であり、それぞれに異なった人生があったのだ。それをすべて一緒にしたのでは、

（ホトケが浮かばれねえ）

いかに憎むべき相手でも、死者への思いやりを失っては、

（金で動く輩《やから》と変わりがねえ）

のだ。

口調は穏《おだ》やかさを保っているが、

（こやつ！　やっぱり生かしておいちゃならねえ）

込み上げてくる。それを思えば、いくらか身が軽くなったのを覚えた。

「で、どちらへ？」

雨の音に、水の流れる音が混じった。来るとき火をもらった蕎麦屋に、灯りは消え

ていた。三人の足は、濠《ほり》沿いの往還に入っている。

「お濠ですぜ。こんなところで？」

「だからゆっくり話せるのじゃないか」

岩助に李之助が応えたのへ、

「土手なら壁もなく、他人《ひと》に聞き耳を立てられる心配がないからなあ」

清次が顔を振り返らせた。

「そういうことですかい」

岩助は安心した声を返した。

町家を離れた。星空でも往来人はいないような時刻になっている。

「このあたりにしようか。提灯を持っていりゃあ、往還を誰かが通っても濠の水嵩を心配してのぞいているように見えようよ。できるだけ流れに近づこう」

「一度消せば、もう火をもらえるところもありやせんからねえ」

李之助と清次の息は合っている。

「そこまで気をお配りなさるので？　さすがでございます」

岩助の言いようが、なんともしおらしい。

三人の足は、用心深く草叢《くさむら》に入っていった。

目には見えないが、水音から流れの増したのが感じられる。

「おかしら。この先はもう濠でさあ。足元に気をつけてくだせえ。岩助どんも」

清次が振り返った。

「へ、へえ。気をつけておりやす」

岩助は返し、三人の歩はとまった。水音からすぐ先に流れのあるのが感じられる。

「おっと、足を滑らせれば水の中だ」

清次は先頭の位置からあとずさりし、岩助の横にならんだ。

「岩助よ」

「へえ」

杢之助の声に岩助は返し、二人は向かい合わせの形になった。

「おめえ、本当に請負《うけお》いの殺しがやりてえのか」

「やりてえというより、もう殺《や》っちまいましたよ。奥方をね。近いうちに、部屋住の賢二郎も殺ることになりまさあ。そのまま、この道をどこまでも進みてえんでさ。おもしろいじゃありやせんか」

言う岩助の顔を杢之助の提灯が照らし、背後を清次の提灯がその全体を闇に浮かび上がらせている。

「なあ、岩助よ。欲得で人を殺《あや》めるなんざ、世の為にはならねえぜ」

「えっ？　だっておかしらたちゃあ」

「許せねえ！」

「おおっ⁉」

清次が不意に岩助の背を押し、均衡を崩し前かがみになりかけた身へ杢之助の右足が舞った。ほとんど同時だった。

「うぐっ」

岩助の呻《うめ》きに、

――グキッ
骨の数本折れる音が雨の中を走った。胸を打っていた。心ノ臓である。反《そ》り返った岩助の身を、清次は提灯を持ったまま背後から抱きかかえるように受けとめ、そのまずり落ちそうになるのを、

「いよっ」

低いかけ声で流れに放り投げた。

――ズボッ
鈍い水音だった。

「どうだった」

「止まっておりやした」

「ふむ」

二人はそれぞれ提灯を持ったまま流れに向かって短く合掌し、

「帰るぞ」

「へい」

往還に戻った。人影はない。やはり気になるのか〝四ツ谷左門町〟の文字は内側に向け、すれ違う者があっても見えぬよう気をつかった。

七

雨は明け方まで降りつづいた。

「おう、行ってくらあよ」

「ありがたいねえ、こんな日でも仕事ができるんだから」

松次郎と竹五郎は、裸足に手ぶらで木戸番小屋を出ていった。

「——あしたも雨ならよう、鐘楼《しょうろう》で鍋《なべ》打ちだ。いい音、出してやるぜ」

「――俺は本堂の縁側で、羅宇竹《らうだけ》に彫を入れさせてもらうさ」

きのう、松次郎と竹五郎は言っていた。店開きの場は、雨にもぬかるみにも関係ない、正覚寺なのだ。

昨夜、杢之助が帰ったのは、とっくに木戸の閉まった時分だった。志乃がチロリを追加したのか、松次郎も竹五郎もそのまま木戸番小屋で寝込んでしまっていた。

「顔を洗うのは湯屋で済ませてくらあ」

「きょうは一番風呂だ」

二人とも木戸番小屋から出て朝湯に浸かり、そのまま正覚寺に向かったようだ。

杢之助は足洗いの水を入れ替え、三人が雑魚寝をしていたすり切れ畳にふたたび横になった。

足に、昨夜の感覚が戻ってくる。一撃で骨を砕き心ノ臓を止めたのが、そのときの感触で分かった。さらに清次がその身を受けとめ、息絶えているのを確かめ、水に流したのだ。

その噂が左門町に伝わってきたのは、昼時分になってからだった。四ツ谷御門のほうから来たという小間物《こまもの》の行商人が、清次の居酒屋の水桶に足を浸けた。飯台につくなり言ったのだ。

「きのうの雨の中を、気の毒というか、バカな人もいるもんだねえ」

「えっ。雨の中？　何かあったのですか」

すかさず志乃が問いを入れた。

行商人は話した。

「市ケ谷御門の橋桁《はしげた》に、土左衛門《どざえもん》が引っかかっていたのさ」

声は板場にも聞こえている。清次は包丁の音を低くし、聞き耳を立てた。

「まっ、土左衛門！　どんな？　お客さん、見たのですか？」

「あ、茶汲み女の悲鳴からネ。あれじゃホトケも浮かばれないさ」

おミネが問いかけたのへ行商人は応えた。

江戸城外濠は神田川の水を牛込御門の北手で引き込み、一方は小石川界隈を経て大川（隅田川）へ流れ込み、一方は牛込御門から市ケ谷御門、四ツ谷御門の橋桁をくぐり、溜池を経てから堀割《ほりわり》に入り江戸湾へと流れ込んでいる。

雨で水嵩《みずかさ》は増していた。江戸湾まで流れてくれれば上々だが、いずれかの橋桁に引っかかるのも想定の内だった。だから刃物は一切使わず、杢之助は首の骨も折らず、心ノ臓をめがけて肋骨を折ったのだ。土左衛門になって引き上げられれば、橋か石垣

簀張《よしずば》りの茶店は朝から開いている。

ぬかるみでも市ケ谷八幡宮の参詣人はいる。簀張《よしずば》りの茶店は朝から開いている。

その茶汲み女が橋桁に人が引っかかっているのを見つけ、悲鳴を上げたのだ。

「わたしがねえ、縁台に腰掛けると同時でしたよ」

行商人の話に、

「で、その土左衛門。おまえさん見たのかい」

「お濠なら侍《さむらい》かい、俺たちとおなじ町者だったかい」

隣の飯台に座っていた職人風の客たちも、行商人のほうへ身を乗り出した。

「わたしがねえ、茶を一服と出されたばかりの縁台に座ったときでしたよ」

行商人は言う。簀《よしず》にはね上がった泥を落とそうと、水を汲みに土手へまわった茶汲み女に、

「――水嵩が増してらあ。気をつけなせえよ」

行商人は声をかけたという。そこに悲鳴が上がったのだ。橋桁に引っかかって揺れている人間の死体らしいのは、橋のちょうど中ほどだったという。すぐさま八幡町《はちまんちょう》の自身番に人が走り、城側の番小屋からも六尺棒を持った番卒が数人走り出てくるのが目に入った。駈けつけた八幡町の町役《ちょうやく》たちと言い合いが始まった。死体の流れ着

いたのが往還側であったなら扱いは町方となり、城側なら武家扱いとなって不審な場合はお城警備の鉄砲百人組も出張ってくる。

雨の降ったあとである。おおかた酔っ払いが足を滑らせ濠に落ちたのだろうと誰が思う。水は流れており、どこで落ちたかなど分かるはずはなく、身許を調べるにも範囲は広い。そんな死体を町家の自身番が引き取ったなら、死体の保管に身許調べと出費がかさみ、すべて町の負担となる。それだけではない、奉行所に人を走らせ、出張ってきた同心たちの接待も町の出費となり、事件性でもあれば町役に発見者一同そろって奉行所に何度も出頭しなければならない。発見が未明で誰も見ていなかったなら、竹竿でもう一度押し流したりもする。御門の番卒にしても、余計な仕事など抱え込みたくない。

もう押し流せないばかりか、引っかかっているのも微妙な場所だ。

「――橋桁の数をかぞえ、それでどちらに近いか決めましょう」

「――見て分かるだろう。あそこでグラグラしている手や足、明らかに町方のほうを向いておるぞ」

「――いえ、頭はお城のほうに」

双方とも譲らない。だが、番卒は士分であり、組頭《くみがしら》は歴とした二本差しである。

知らせを受け、四ツ谷御箪笥町から源造も駈けつけた。市ケ谷界隈も、源造の縄張なのだ。しかし相手が侍では、町奉行所同心の手札《てふだ》など役に立たない。結局押し切られ、町役が町内の若い者を集めて死体を引き上げ、町の自身番に運ぶこととなった。

が、引き上げてからまた一悶着あった。橋の上である。

「――おっ、見ろい。こいつぁ帯はほどけちまってるが、着ているのは紺看板だぜ」

言ったのは源造だった。死体は武家奉公の中間である。

「――こりゃあお武家さまの奉公人だ。わたしら町衆じゃ扱えません」

「――うーむっ」

町役たちの主張に番卒たちは呻《うめ》いた。町の若い者も、町役に言われ死体を岸辺ではなく荒縄で橋に吊り上げ、若干《じゃっかん》城側に近いほうへ投げ出している。

「わたしは市ケ谷の者じゃありませんがね、ホッとしましたよ」

「おーっ」

聞いている職人たちからも声が上がった。死体は番卒たちがブツブツ言いながら石垣の中の門番詰所に運んだのだ。

清次が板場からそっと志乃を呼んだ。志乃はすぐ飯台のそばに戻ってきて、小間物の行商人に問いかけた。

「その岡っ引の親分、何か言ってませんでしたか。どこのお屋敷の中間さんだとか、死体の疵《きず》具合など……」

「あ、言ってましたよ。知らねえ顔だって。あたりまえでしょう、武家屋敷の奉公人なんだから。……死体ねえ、吊り上げるとき見えましたよ、五体満足。岡っ引も町役さんたちも言ってましたよ。斬り疵も刺し疵もない。どうせ酔っ払って濠に落ちたのだろうって。お城の門番の人らがブツブツ言うのも分かりますよ。雨の日に出かけてどっかで飲んでたんでしょうかねえ。みんな言ってましたよ。まったくバカな死に方だって。あっそうそう、注文、忘れてた」

「あらいやだ。で、お客さん、なんになさいます。焼き魚に大根の煮込み、豆腐の味噌汁もありますが」

おミネが盆を小脇に言った。

昼めしの客が一段落すると、清次はふらりと木戸番小屋に出かけた。

「ほー、そうかい。市ケ谷の橋桁になあ」

すり切れ畳の上で、杢之助は頷いた。

その胸中には、ホッとしたものがながれていた。昨夜、松次郎と竹五郎が寝っ転がっている脇に身を横たえてから、なかなか寝つかれなかった。

（──どの橋桁に引っかかるか、それとも海へ流されて魚の餌《えさ》か……）

気になっていたのだ。死体が発見されることではない。

（──岩助、成仏しろよ）

念じていたのだ。

けさ、松次郎と竹五郎を送り出し、泥水をはね上げる太一の足音を聞いてからも、そのことが脳裡から離れなかった。お城の門番詰所に運ばれたなら、きょう中にも身許は明らかになろう。まさか朽木屋敷が引き取らないことはあるまい。線香の一本も立て、供養はするだろう。

「分かります、杢之助さん。そのお気持ち」

すり切れ畳の上で空《くう》を見つめた杢之助に、清次は言った。

その夜、清次はチロリを提げ、木戸番小屋の腰高障子を音を立てず開けた。

「岩助はいなくなりやしたが、尚一郎とやら、跡目を確たるものにするため、弟の賢二郎も手にかけやしょうかねえ」

「おそらく」

「ですが杢之助さん。遠い町の、しかも白壁の向こうのことですよ。左門町には関係のない他所《よそ》さまの……」

「分かってらあ。宿《しゅく》の店頭《たながしら》の久左どんと、一杯《いっぺえ》やりてえ気分だ」

「もっともで」

湯飲みに冷が注《そそ》がれた。

あしたかあさって、往還が乾いたころ源造がまた来るかもしれない。

「驚いたぜ。市ケ谷に上がった土左衛門、あの朽木屋敷の中間だったってよ。あの屋敷、いってえどうなってんだ」

杢之助は返すだろう。

「ほう、そうかい。なにやら驚きだが、儂らは町家。向こうはお武家だ」

その武家地に、朽木尚一郎はのうのうと生きているのだ。旗本四百石の跡取りとなって……。

源造の大手柄

一

「ハアックション」

「あらあら、松つぁん。あたしの盥《たらい》にツバキひっかけないでよ」

「てやんでえ。こう寒くっちゃくしゃみも出らあ」

「ほんと、涼しいよ。皐月《さつき》（五月）だっていうのにさ」

冷夏であった。天保五年（一八三四）だ。朝の井戸端に水汲みの番を待つのにも鳥肌が立つ。くしゃみをした松次郎の横で、竹五郎が鳥肌の立った腕をさすっている。

「ゴホン」

可愛らしい咳も聞こえた。

「あら、一ちゃん。こんな煙の中へ出てくるからだよ」

団扇《うちわ》で七厘を扇《あお》いでいた左官屋のおかみさんが、

「グォホン」

自分もむせびながら言い、

「おっ母アが早く顔を洗ってこいって、ゴホン、言うからさあ」

太一は松次郎たちがいる奥の井戸端へならんだ。

木戸番小屋のほうからも、

「あさりー、剝《む》き身《み》ーんっ。ゴホン」

浅蜊《あさり》売りが、杢之助の開けたばかりの木戸を入ってきた。煙が充満する長屋の路地に入るなり、触売《ふれうり》の声よりも、

「左門町のお人ら、ゴホン。まだ聞いていなさらんだろうねえ。四ツ谷御門の話」

さも意味ありげに言った。

「なんだね朝から。四ツ谷御門で犬が猫の仔でも産んだかね」

「そんなんじゃない。土左衛門さ」

「ええぇ、またあ」

団扇の手も釣瓶《つるべ》も一瞬とまった。

「ゴホン」

煙だけが動いている。

木戸番小屋にもその声は聞こえ、杢之助は敷居を出て煙に近づいた。

「源造さん」

の名がそこに聞かれたのだ。

源造が左門町の木戸番小屋に来たのは、岩助の死体が市ケ谷御門の橋桁《はしげた》に引っかかっていた二日後だった。案の定、源造は言ったものである。

「――牛込《うしごめ》の朽木屋敷よ、どうなってんだ。土左衛門、朽木の中間《ちゅうげん》だったたぜ」

言葉はつづいた。

「――牛込の同業に聞いたんだがよ。その中間め岩助とかいって、飲む、打つ、買うの三ドラ煩悩を背負ったどうしょうもねえ渡り者で、同業も目をつけていたらしい。ま、酔っ払って濠《ほり》に落ちたんだろうって、地元じゃ喜んでるぜ」

それから十日近くを経ている。皐月は下旬となり、人々の口から市ケ谷の土左衛門の噂も聞かれなくなり、

「――どうなってんだろうねえ、まだ夏の盛りだというのに」

と、去年にも増す冷夏の行方がもっぱらの話題となっていた。そこへふたたび、

「また、土左衛門！」

だったのだ。しかも、四ツ谷御門……近い。

「で、こんどのは男かい、女かい」

松次郎が訊いたのへ、

「女さ」

「ほっ、女。竹よ、きょうの商いは決まりだ」

「あのあたり、近いがここんとこながしていなかったからなあ」

竹五郎は応じた。まだ二人とも、きょうの商いの場を決めていなかったようだ。

「なに言ってんのよ、二人とも」

おミネが七厘を抱えて部屋から出てきた。

「それで浅蜊屋さん。その女の土左衛門が上がったのは町家のほうかね。それとも城側のほうで？」

煙が消えかかったなかに、杢之助は問いを入れた。

「お、杢さん。来てたのかい。それだよ、それ。そのどっちかで話も違ってくらあ」

松次郎が桶を持ったまま、おかみさん連中をかき分けるように一歩前へ進み出た。

「岸辺さ」

「じれってえなあ。だからどっちの岸辺だい」

松次郎はさらに出て浅蜊売りの前に立った。浅蜊売りはその勢いに一歩退き、

「だから、岡っ引の源造さんが立ち合ったのだから」

「町家のほうかい」

市ケ谷御門の土左衛門(岩助)を左門町に伝えた小間物の行商人と違って、その一部始終を見ていたわけではなさそうだ。

「もちろん、そうなりまさあ」

浅蜊売りは言う。見つけたのは朝まだきに門内の番町をまわった豆腐屋で、四ツ谷御門を出てきたとき対岸の橋桁近くに人の死体らしいのを目にとめたらしい。

「――ご、ご門番さん！　あ、あ、あれ!?」

指さした豆腐屋の横へならんだ番卒たちは対岸をながめ、

「――ほう、人間のようだなあ」

「――市ケ谷門では同僚がずいぶん手を焼かされたそうだが」

「――はは、こんどは間違いなく町家だ。棹竹でこっちへ押し流さないよう見張っていようぜ。おい、豆腐屋。早く町の自身番に知らせてやらねえかい」

「――へ、へい」

豆腐屋は橋を走り、御簞笥町の自身番に駈け込んだ。

「――くそーっ、こっちの岸辺じゃ細工のしようがねえぜ」

白河夜船に起こされた源造は、町役たちと走った。四ツ谷御門の町家側なら、モロに源造の縄張である。浅蜊売りが知ったのは、そのときの騒ぎのようだ。

「お濠端へ見にいこうと思ったんですがね、仕事がありまさあ。こっちへ急ぎましてね。さあ、浅蜊の剝き身ーん。そうそう、土左衛門ねえ。着物の柄から、まだ若いらしいですよ。剝き身ーん、浅蜊」

「おっ、若い女。おう、浅蜊の剝き身、一枡《ひとます》おいていきねえ」

「松つぁん、そんなに買ってどうすんだよ」

「浅蜊の味噌汁よ。それで精をつけ、早めに出かけようぜ」

「儂《わし》も剝き身、もらうよ。話を聞かせてくれたお礼さ」

松次郎と竹五郎に杢之助がつづけたのへ、おミネや大工の女房たちもつづいた。

「へい、毎度」

いつもより多く売れ、浅蜊売りは上機嫌だった。ふたたび長屋の路地に団扇の音が立ち、

「ゴホン」

煙がまた舞いはじめた。きょうの朝めしは、長屋一同そろって浅蜊の味噌汁になり

そうだ。棒手振にとって、ときどきの話題も大事な商い道具なのだ。

松次郎と竹五郎が、

「おうっ、行ってくらあ」

「話サ、もっと詳しく聞いてくるよ」

腰切半纏《こしきりばんてん》を三尺帯で決め、木戸番小屋に声を入れたのは、杢之助が自前の浅蜊の味噌汁をゆっくりとすすっているときだった。棒手振が仕事に出かけるのはいずこも明け六ツ半（およそ午前七時）ごろだが、きょうはそれより小半時（およそ三十分）も早い。なにしろ〝若い女の土左衛門〟である。

「あゝ、待ってるよ」

杢之助は返した。気になるのだ。といっても、岩助と関連づけたわけではない。だが、市ケ谷御門と四ツ谷御門……距離にすれば七丁（およそ七百米《メートル》）ばかりに過ぎない。まだ朝なのに、もう二人の帰りが待たれる。

「おじちゃーん」

太一の声だ。手習い道具を手に、木戸番小屋の前を走り抜けた。おミネの軽やかな下駄の音がつづいて走り去るのが常だが、

と、それは腰高障子の前でとまった。障子戸は朝から開け放している。おミネは顔をのぞかせ、

「杢さん」

「浅蜊の味噌汁など、あたしが持ってくるのに」

すでに朝めしを終え、荒物もすり切れ畳の上にならべている。

「あの場で、あたしがなんて言えないじゃないですか」

「いや、まあ。つい浅蜊売りへ、話の駄賃にと思ってな」

「それは分かるけど。あらいやだ。太一、もう行ってしまって」

おミネは細身の腰をくるりと木戸のほうへ向け、

「太一ーっ、駕籠や大八車にーっ」

もう太一は向かいの麦ヤ横丁に駈け込んでいた。

二

「ちょいと留守にしまさあ」

杢之助が木戸番小屋の留守番を長屋の住人に頼んだのは、おミネが縁台へのお茶運

びを志乃と代わり、そこへふらりと出てきた清次に、

「──取り越し苦労かもしれねえが、どうも引っかかるのよ。ちょっと御簞笥町をのぞいてくらあ。源造さん、もう身許《みもと》を割り出しているかもしれねえ」

言ってからすぐだった。

清次は言いたいことを先に言われ、

「ま、それで気が済むのなら」

一言返しただけだった。

（ふむ、下駄より草鞋《わらじ》にするか）

単なる思いつきだった。下駄に音が立っていなければ、

（かえって人目を引く）

本能的な警戒感が走ったのかもしれない。

遠出でもするかのように草鞋の紐をきつく結び、木戸を出ようとしたときだった。

「杢さん、杢さん」

けたたましい下駄の音とともに、呼びとめる声が左門町の通りに響いた。相手は分かる。杢之助は立ちどまり、

「ははは、もう聞いたかね。こんどの土左衛門は四ツ谷御門だって」

振り返った。

「聞いたかじゃないよ。浅蜊屋さんが言ってたけど、もお、なんだかじれったいねえ。ようすがさっぱり分からないよう」

「儂だってそうさ」

木戸の内側で、一膳飯屋のかみさんと立ち話になった。

「死体は若い女だっていうから、まあいやだ。きっと痴情のもつれだよ、いやらしい」

かみさんは勝手に推測し、勝手に話をつづけた。

「惚れた腫《は》れたのって珍しくはないけど、理由はなんであれ殺しなんて絶対やっちゃいけないよ。許せないよ、まったく」

「そう、まったくだ。おかみさんさあ、あそこは源造さんの庭先だろ。これから儂がちょいと行ってようすを見てくるよ。それまでおとなしくしていねえ」

「えっ、行くの！　じゃあ、あたしも。行こう、行こう」

一膳飯屋のかみさんは先に立とうとする。

「あらら、おかみさん。いま出かけると昼の仕込み、間に合わなくなるのでは」

居酒屋の中にまで声は聞こえていたようだ。暖簾から志乃が出てきた。

「あっ、そうだ。でも、早く帰れば」

「若い女の死体なんでしょう？　あたしも聞きましたよ」

「えっ、志乃さんも？　で、どんなふうに？　詳しいこと、なにか聞いてる？」

志乃が話を引き取った隙に、

「じゃあ、儂は」

李之助はその場を離れた。一膳飯屋のかみさんが一緒だと、周辺に聞き込みまで入れ目立つことこの上なくなるだろう。

草鞋の歩を踏んでいると、飛脚時代の習性か自然と足が早くなってくる。

「おっとっと」

向かいから来た大八車を避け、土ぼこりの上がるなか、李之助は荷馬が二頭ほど進むのを追い越した。まだ朝のうちだが、往来人はけっこう多い。この時刻、旅衣装の者は西の四ツ谷大木戸方面に向かう者ばかりだ。

歩を踏みながら、李之助はハッとした。

「――殺しなんて絶対……許せない」

さっき、一膳飯屋のかみさんは言ったのだ。胸に刺さる。

「わ、儂はなにも……」

呟《つぶや》き、街道を枝道に折れた。御箪笥町への往還だ。さらに脇道へ曲がった。そこに源造の塒《ねぐら》があり、女房に小間物屋をやらせている。通りに、慌《あわただ》しさはない。もっとも、死体を運び込んで慌しいのは自身番のほうであろう。自身番は一本筋違いにある。源造の商舗《みせ》は開いていた。

「ごめんなすって」

暖簾を分けた。

「あら、左門町の杢之助さん。うちの人、今朝から大変で」

と、女房どのは店に出ていた。水商売上がりで、いまも当時の色っぽさを残している。それに物腰がやわらかく客扱いにも慣れていて、近辺でいかり肩にゲジゲジ眉毛の源造の評判がけっこういいのは、

「――ありゃあ女房どののおかげだぜ」

町内の者が言っているのを、杢之助は何度も耳にしている。

「はい。儂もそれを聞きやして、源造さんどうしていなさるかと」

「それは、それは。お茶でも淹れますから、ちょいとお待ちを」

「いえいえ、お構いなく」

言ったときにはもう腰を上げ、奥に入っていた。店の板敷きに、櫛《くし》、笄《こうがい》に巾着《きんちゃく》や

紙入れ、それに下町向きの簪《かんざし》などが、それぞれ箱に入れ順序よくならべられている。

木戸番小屋の荒物とは扱いが違う。

女房どのはすぐ盆に湯飲みを載せ出てきた。

「さ、お座りくださいな」

杢之助が立ったままでいるのへ、板敷きに両膝をつき盆を手にしたまま言う。

「いや。ちょいとようすを伺いに来ただけだから。で、源造さんはいまどちらで？」

「それなんですよ。ちょうど夜明けのころでした。自身番から急な連絡があって飛び出し、一度帰ってきたのですがね。かわいそうにご遺骸は若い身空で、源造は名も素性も知っている娘さんだと言って」

「えっ」

「さあ、お座りを」

女房どのは手招きするように盆を板敷きに置いた。その手に杢之助は操られるように座り込み、

「どちらの娘さんで。まさかご町内の？」

「ではないのですがね」

けさ上がったばかりの土左衛門の話をするのに落ち着いた口調は、さすがは源造の

女房である。それに岡っ引の女房は事件のことは他人に話さないものだが、相手が亭主からいつも聞かされている左門町の木戸番人とあっては気を許しているようだ。

「いずれの？　どこのどんな娘さんで？」

「それがね」

女房どのは杢之助が湯呑みを手に取ると正座に構え、悔しそうな表情をつくった。

「肩から胸にかけて刀疵《かたなきず》があったらしいのですよ。市ケ谷八幡町の茶汲み女でおサキさんとかいって、今年十八歳って言ってましたよ。深い一太刀で犯人は侍に違いないと。そんなうら若い娘をだれがいったい！」

最後の言葉には憤《いきどお》りがこもっていた。なるほど源造の女房どのは座敷女中で簀張りの茶汲み女ではなかったが、水商売の点では同業である。

「さようですかい。市ケ谷の茶汲みでおサキさんという……」

「杢之助さん、なにか心当たりでも？」

女房どのは杢之助の顔をのぞき込んだ。

「い、いいえ。あまりにも若い身空で、つい憐《あわ》れを感じまして」

言ったものの、

（まさか）

思いが一瞬、脳裡を走った。同時に、

(聞いておくのだった)

悔悟《かいご》の念も起こった。朽木尚一郎の熱を上げていた女が、

「――色っぽい女狐《の》って感じで……場所は市ケ谷……」

岩助は言っていたのだ。聞いたとき杢之助は、尚一郎の〝色〟など枝葉末節《しようまっせつ》のことと思い、名も姿かたちも訊かなかった。そのことへの悔悟だ。

「そうですよ、憐れですよ。茶屋の女だからと、お武家はたぶん虫けらのように」

再度、源造の女房は憤りを込めた口調になった。

「ご新造さん。そのおサキさんとやらをご存知で？」

もしやころび茶屋の……などとは訊けない。杢之助の精一杯の問いであった。

「いいえ、知らない娘です。でも、境遇はおよそ察しが……」

ころんでいたことではない。いずれかの水呑《みずのみ》百姓の娘で、喰うために江戸へ出てきた……そのような境遇のことである。この女房どのもそうであったことを、ずっと以前源造から聞かされたことがある。

杢之助は問いを変えた。

「遺体はいまどちらに？」

「とりあえず御箪笥町の自身番に運んだそうですが、奉公先が市ケ谷と分かったもので、双方の町役さんたちが多分いまごろ、市ケ谷八幡町の自身番に運ぶ算段をしていると思います」

「源造さんは？」

「殺しの現場も市ケ谷で昨夜のうちだろうと、八幡町へいま聞き込みに出張っております」

「ならば儂も……」

言いかけた言葉を杢之助は飲み込んだ。女房どのが言葉をつづけたのだ。

「さきほどお奉行所から同心の旦那が小者何人かを連れてお出《い》でになり、さっきのような話をするとすぐ出かけられました」

（まずい）

同心はおそらく、御箪笥町の自身番に寄って検死をするとすぐ市ケ谷へ向かったことであろう。そのようなところへ、のこのこと顔を出すわけにはいかない。

「それはご苦労さんなことです。源造さんが帰《けえ》ったらお伝えくださいましよ。うちの町の鋳掛屋と羅宇屋に頼んで市ケ谷をながしてもらい、多少なりとも力添えができるようにしたい、と」

「あ、あの松次郎さんに竹五郎さんとかおっしゃる……いつも、うちの人が言っております」

源造は女房どのにぞっこんで、なんでも話しているようだ。源造はいつも松次郎と竹五郎に、

「――俺の下っ引にならねえか」

と、声をかけているのだ。

「それじゃご新造さん。儂にもできることがあれば……」

湯呑みを干し、腰を上げおもてに出た。

往還を数歩進み、振り返った。小間物屋の暖簾が見える。身近で最も警戒しなければならない相手だが、

（おめえには、出来すぎた女房どのだぜ）

つい口元に苦笑が浮かび、源造への好感が湧いてくるのを覚える。

角を曲がり、自身番のある脇道に入った。おサキとやらの遺体はまだそこにあるようだ。人だかりができている。お店者風に大工道具を担いだ職人風もおれば、口うるさそうなおかみさん風も中をのぞき込もうとしている。

「ごめんなすって」

しょぼくれた好々爺を装《よそお》い、その脇にゆっくりと歩を進めた。

「源造さんがよう、よく女の身許を知ってくれてたもんだぜ」

「そうともよ。身許不明だったらしばらく町内にホトケを預かってよ、無縁仏の供養からなにから全部この町で出さにゃならねえとこだった」

町内の者であろう、言っているのが聞こえてきた、

「だがよ、いってえどんな二本差しが殺りやがった、十八の娘をよ。八つ裂きにしてやりてえぜ」

「そうよ、そうよ」

男の声に、女の声が応じている。

通り過ぎ、あちらの辻、こちらの角と草鞋の歩を進めた。だが、鍋を打つ音も聞こえなければ竹五郎の気配もない。御箪笥町に入るなり〝市ケ谷の……〟と聞き込み、さっそくそのほうへまわったのかもしれない。二人がけさがた、四ツ谷御箪笥町をながそうと決めたのは、土左衛門の話を詳しく聞くためだったのだ。

（頼りにしてるぜ、松つぁんに竹さんよう）

胸に念じ、街道に出た。いつもと変わりのない流れがそこにある。左門町の方向へ歩をとった。来たときにくらべ、歩調はゆっくりとしている。

「おっと」

町駕籠が威勢のいい掛け声とともに土ぼこりを上げ、追い越していった。

思えてくる。

（おサキとやらの刀疵がどこで何とどうつながり、身に降る火の粉と……）

確率は低い。

左門町の入り口が見えてきた。まだ午前《ひるまえ》である。

清次の居酒屋に立ち寄ってから木戸を入った。

木戸番小屋の腰高障子に手をかけた。背後から、

「杢さん、杢さん、杢さん！」

けたたましい下駄の音だ。杢之助は振り返った。

「いやだよう、杢さん。さっきは一人で行っちまうなんて」

一膳飯屋のかみさんは息せき切りながら、

「で、どうだった？　なにか分かったこと、あった？」

「あ、、あったよ」

早晩、左門町にも伝わってこよう。杢之助は源造の女房どのから聞いたとおりの話をし、

「夕方には松つぁんや竹さんも帰ってこようよ」

「やっぱり色恋沙汰なんだねえ。待ち遠しいよう、夕方が。あぁ、忙しい、忙しい」

一膳飯屋のかみさんはくるりと小太りの身を返し、急ぐように帰っていった。清次の居酒屋もそうだが、一膳飯屋もいま昼どきの仕込みに大わらわの時間なのだ。

すり切れ畳の上にごろりと横になった。天井板を見つめた。

(危ねえ。だが、早く知りてえ)

思いが込み上げてくる。

三

「ほれほれ、杢之助さん。考えすぎですよ」

太一が手習いから戻り洗い場に入ったあと、清次は片側たすきに前掛姿のままふらりと木戸番小屋の敷居をまたいだ。午前に聞かされた杢之助の懸念が念頭にある。

確たる根拠はなく、こじつけかもしれない。杢之助も清次も、岩助の言った〝色っぽい……場所は市ケ谷〟と、おサキの斬殺体が、思考のなかで朽木尚一郎と結びつくのだ。

「迂闊だった。せめて、名を聞いておくのだったぜ」

「だから、待てばいいじゃないですか。松つぁんと竹さん、陽がかたむきかけた時分には、話したくてしかたがないといったようすで帰《けえ》ってきまさあ」

「かたむきかけた時分なあ」

　杢之助は、一膳飯屋のかみさんの胸中を解した。いまからでも市ケ谷に走りたい心境なのだ。だが、

（奉行所の同心が）

　出張っているところへ、わざわざ飛び込むほど自己を失ってはいない。

　一膳飯屋のかみさんがまた下駄の音を響かせ、

「松つぁんと竹さん、まだ？」

　敷居の外から大きな声を入れたのが、かえって気晴らしになる。待たれる。陽はそろそろかたむこうかといった時分になっているのだ。

「おう、バンモク。いるかい」

　勢いよく腰高障子が引き開けられた。

「おぉ、源造さん！」

　杢之助はすり切れ畳から腰を浮かせた。思いがけなかったことではない。むしろ

願ってもない相手の訪《おとな》いである。

「で、市ケ谷の女ってのは……」

さっそく問いかけると源造のほうから、

「きょう、来てくれたんだってな。それに松と竹を貸してくれるって？　市ケ谷で二人に会ったぜ。だが野郎たち、俺の目からすぐ逃げやがった。どういうわけでえ」

李之助が急いで荒物を押しのけた座に腰を投げ落とし、源造は奥のほうへ身をよじった。眉毛が大きく上下している。

「あ、二人にはまだ話してなかったからなあ。もうすぐ帰ってこようよ。あんたの聞き漏らしたことも聞き込んでくるかもしれねえぜ」

「てやんでえ。俺が聞き漏らすってことがあるかい」

源造は上体を李之助のほうへかたむけ、

「名はおめえももう聞いたはずだ。おサキよ」

「あ、おまえさんとこのご新造さんからなあ。いつものことながら、しっかりしていなさる」

「余計なことは言わなくていい。それよりもあの女、ころびだぜ。前まえから俺が目こぼししてやってた茶処《みせ》の女だ。そのおサキに、二、三年前《めえ》から若《わけ》え侍《さむれえ》がなじみになってたらしい。おサキめ、医者も言ってたが、溺れ死んだんじゃねえ。死因が刀の一振りとあっちゃ、心得のある侍にしかできねえ。おそらくきのうの晩、簀張《よしずば》りの裏手あたりでばっさり。可哀想にドンブラコと四ツ谷まで流れて町家側の岸辺に引っかかったのだろうよ」

源造は予測を話し、さらにつづけた。

「おサキのホトケがよ、城側に引っかからなかった意味が分かるかい」

「えっ」

杢之助は源造の言う意味が分からなかった。

「城側に引っかかってみろい。番卒が引き上げ、刀疵となりゃあ目付は隠蔽《いんぺい》しておサキは無縁仏で一件落着さ」

「ほう」

源造の思いが分かってきた。一膝乗り出した杢之助に、源造は言った。

「あそこは俺の庭先だ。おサキがよう、源造サーン、犯人捕マエテーッてよ」

「よせよ、気色悪い」

源造の裏声に、杢之助は身を元に戻し、

「で、その若い侍とやらの目星はついたのかい。それにきのうの夜、そやつが市ケ谷に出てたって確証は？」

　問いを入れた。いま胸にあるものを吐露するわけにはいかない。あくまで杢之助は鮎道中の代役に天秤棒を担いだだけなのだ。"自害"した朽木虎次郎や"溺死"した岩助とは、なんの面識もないことになっている……。

「分からねえ。分からねえのよ」

源造は言う。

「だがよ、簀の女どもは知ってやがるのさ。俺に話しゃ、証人として奉行所のお白洲に出なきゃならなくなるってことをな。それに相手が二本差しとなりゃあ、後難もあろうよ。俺がいくら心配すんねえって言っても、知らないワ、知らないワの一点張りよ。くそーっ、敵《かたき》を取ってやろうっていうによう」

片方の脛《すね》をすり切れ畳に上げた。

「そうだと思ってよ。それで松つぁんと竹さんに聞き耳役を」

「そいつはありがたいぜ。あの松竹《まつたけ》よ、出職《でじょく》でどこへでもふらふら入っていける、気楽でまったくいいご身分だからなあ」

揶揄《やゆ》するように言う源造の心境を、杢之助は理解している。源造が問いを入れるのは、紛れもなくお上の手先としての聞き込みである。本当は、誰もが話したいのだ。

松次郎なら、鍋を持って集った女たちが勝手に話すのを聞いているだけでよい。竹五郎も雁首《がんくび》の脂取《やにと》りをしながらときおり相槌を打ち、聞き役になっておればいいのだ。隠居や番頭さんたちも話したがっているのだ。源造がいつも松次郎と竹五郎に、

「――俺の下っ引になれやい」

口癖のように言うのも頷ける。

「源造さん、あの二人が帰《けえ》ったら、儂からも話すから」

「そこよ。それで俺は市ケ谷を早々に切り上げてよ、わざわざ逆方向の左門町に来たってわけよ。やつら、ここでならなんでも話すからよ。女房もおめえがきょう、自分にできることとならなんて調子のいいことこいてたって言ってたからなあ」

「はは、こいてたわけじゃねえが。ともかくあの二人を待とう。儂も待ってるのサ」

陽のかたむき具合から、そろそろ腰高障子に二人の影が立つころだ。清次の居酒屋も一膳飯屋も夕の仕込みが忙しく、かみさんがおもてに出ていないのがありがたい。おミネが急須を盆に載せ持ってきた。物見であろう。杢之助と源造は、茶を飲みながら待った。

「おっ」

源造の腰が浮いた。腰高障子の外に気配がし、障子に影が立つのと同時に、

「帰《けえ》ったぜ。市ケ谷だ、市ケ谷」

障子戸を開けた松次郎の顔は弾んでいた。いつにない話題を仕込んできたようだが、

「ケッ、源造さん。ここにも来てたのかい」

三和土に入りかけた足をとめ、

「おう、竹よ。湯に行こうぜ、湯に」

竹五郎は外で背の道具箱を降ろしたところだ。

「おう。待ちねえ、待ちねえ」

杢之助は呼びとめた。

「なんだよ。この狭いところへ三人も四人も入《へえ》れるかい」

「おう。場所なら十分あるぜ」

源造は眉毛を上下させながら脇の荒物を押しのけ、自分も腰を脇へずらせた。

「気色《きしょく》悪いなあ。ま、杢さんが呼びとめるんなら」

「源造さんもきょう市ケ谷を走っていなさったが」

松次郎の角顔につづいて、竹五郎の丸顔も敷居をまたいだ。

「源造さん、畳に上がんねえよ。やっぱり狭いや」

「おう、そうさせてもらわあ」

李之助が言ったのへ源造は雪駄を下へ落とした。

「どうなってんだい、きょうは」

「市ケ谷の話かなあ」

言いながら松次郎と竹五郎もすり切れ畳に腰を据えた。

「松つぁんも竹さんも、殺されたのがおサキってえ女で、犯人は二本差しらしいってことは聞き込んだろう」

「おっ、李さん。もう知ってるのかい」

「いいや。そこまでしか知らねえ」

「へへん。だったら話してやらあ。らしいってもんじゃねえぜ。こいつにゃ込み入った因縁があるってよ」

「そのとおりさ」

松次郎が奥へ身をよじって胸を張れば、竹五郎も背筋を伸ばした。源造の眉毛がまた大きく動きはじめた。

「相手はお武家だ。町家の者が一丸とならなきゃ、犯人不明のまま一件落着ってことにされちまうだろうよ。そこを源造さんも悔しがってなさるのよ」

「そりゃあそうだろう。町家の者なら皆おなじ思いさ」

杢之助の弁に、松次郎は乗ってきた。竹五郎も頷きを入れている。

「で、松よ。おめえさっき、込み入った因縁って言ってたなあ。どんな因縁だい」

「あ、言ったとも。ホトケになっちまったお人だが、まだ十七、八で色っぽいいい女だったらしい」

源造はかすかに頷いた。もとより源造は、おサキを知っているのだ。

「それがよ、どんな星の下に生まれたか知らねえが、なんだってころび茶屋なんかで茶汲み女をやってやがったんでえ」

松次郎の自問に源造が、

「そんなの分かってらあ」

などと鼻を折るようなことは言わず、黙って頷きながら聞いているのはさすがである。松次郎はつづけた。

「そのおサキをころがしてたのが二本差しで、それがどうのこうのと段平《だんびら》ふりまわしてドボンよ。それで四ツ谷御門までって寸法で、侍は若いやつで、おサキに甘ったるい話をして、おサキもすっかりその気になって、最近じゃその侍以外にはころんでいなかったっていうぜ。それでホトケにされたんじゃ浮かばれねえぜ」

「おいおい松つぁん。いつもおまえさんの話は途中を端折《はしょ》ったり、前後が入れ替わったりでそそっかしくっていけねえや」

　杢之助が竹五郎に視線を向け、源造の目もそれにつづいた。

「俺っちは聞いた話をしてるだけだぜ」

　反発する松次郎を尻目に、

「その侍っていうのが、朽木家四百石の嫡子だっていうから、もう驚いたよ。あの御膳奉行の屋敷だろう」

　竹五郎がいつものゆっくりとした口調で言ったのへ、

「えっ、そこまで聞きやがったのかい」

　源造は身を乗り出し、杢之助は、

（やはり）

　胸中に頷いた。

「あたぼうよ。朽木尚一郎とかぬかす若侍でよ、それが二、三年も前《めえ》からおサキに入れ揚げてたってわけさ。それで斬殺ってことによ」

　松次郎がまた早口を入れたのへ、

「つまり、あの界隈の話じゃ、尚一郎はおサキへ、そのうち屋敷に迎えてやるからとかなんとか言って、おサキはすっかりその気になり……」

竹五郎がゆったりとつなぎ、

「それで？」

源造が先をうながした。

「ここ半年ばかりはほかの客にまったくころばなくなり、茶屋のお仲間たちから毛嫌いされていたらしいよ。それがほれ、御膳奉行がこのまえ切腹して、その内儀まであとを追ったって話があったじゃないか」

「ふむ」

相槌を入れたのは杢之助である。視線を竹五郎に釘付けている。が、松次郎がまた早口を入れた。

「それ、それ。きのうの夜だぜ」

これは松次郎が茶屋の女から、直接聞き込んだのだろう。

「その尚一郎がまた来たってよ。茶屋でなにやら口論さ。簀張りだから、ちょいと大きな声になりゃあすぐまわりへ丸聞こえさ。それで静かになったと思ったら、二人して裏の土手を散歩だってよ。それっきりおサキは帰《けえ》ってこなかったらしい。お仲間のころび屋さんたちは、土手じゃ蚊《か》が出るので、どっか別の場所へしけ込んだとばかり思ってたらしい」

「ま、ころび屋ならそうみるのも仕方あるめえ。決まりだな」

源造は頷き、

「つまりだ、おサキには尚一郎の口から出まかせを真に受け、朽木家の当主になったのを機会とばかりに約束を守れって迫ったのだろうよ。おサキには可哀想だが、ころび女が旗本四百石の奥方に？　尚一郎も許せねえが、信じたおサキはもっとバカだ。腹が立つほどによう。まったく」

つづけた言葉は憤懣に満ちていた。杢之助はひたすら聞き役にまわっていたが、心中秘かに源造へ同感するものがあった。

「そりゃあそうかもしれねえが、バカって言うこたあねえだろう」

「そうだよ、源造さん」

松次郎が反発するように言ったのへ竹五郎もつないだ。木戸番小屋に、沈黙がながれた。反発しても、松次郎にも竹五郎にも源造に似た思いがあるのだろう。ならば、沈黙する以外、その死を悼む方法はない。

「おう、全部話したぜ。湯だ、早くしねえとまた仕舞《しま》い湯になっちまわあ」

「あ、、そうだなあ」

松次郎が間合いを埋めたのへ、竹五郎も頷き腰を上げた。まだ明るいが、往還を射す夕陽は落ちる寸前のものとなっていた。二人は湯の帰り、一膳飯屋のかみさんに店へ引っ張り込まれることだろう。話の駄賃に、晩めしがタダになるかもしれない。

木戸番小屋の中は、ふたたび杢之助と源造の二人になった。志乃がようすを見にきてから二人分の夕飯を運んできた。

「おじちゃーん。源造おじさんも一緒だって?」

つづくように、清次に言われたのか太一がチロリを二本提げてきた。

（ゆっくり話してくだせえ）

清次の意思表示である。

「おぉ、一坊。よく気がつくなあ」

杢之助は目を細め、太一がいなくなるとすぐ真剣な眼差しになり、

「つまりだ、町方は、手を出せない……と」

源造に視線を戻した。

「そうならあ。おめえもそう感じたかい。両方の名前が分かっただけに、ますます悔しいぜ。あの腐れ屋敷め、こうなりゃあ、あるじの切腹だって怪しいもんだ」

源造の言葉に、杢之助は内心ドキリとしが、

「嫡男の尚一郎サ、跡目を早く継ぎたいために殺《や》ったのかもしれない。十七、八の娘

を自分の都合で斬り殺すような輩《やから》だ。父親殺しだって……」

「かもしれねえ。そういう男なんだろうぜ、尚一郎って野郎はよう」

源造は納得するように返し、腹から絞り出すようにつづけた。

「おめえ、我慢できるかい」

「いいや」

「だったら、どうするよ。野郎め、屋敷から出てこねえ限りお縄にできねえんだぜ。それも段平など振りまわしやがったんじゃ危なくってしようがねえ。八丁堀の旦那に何日も出張っていてもらうわけにもいかねえしよ」

「あるぜ、方法がよ」

「えっ」

「源造さん。さっきあんた言ったじゃないか。屋敷から出てこねえ限りってよ」

「あ、それがどうした。屋敷を出ても、登城の途中じゃ八丁堀の旦那は萎縮しちまわあ」

「おびき出せばいい、町家によ」

「できるのかい、そんなことが」

「できるさ。相手は四百石の旗本だ。八丁堀の旦那をアテにすりゃあ、かえってお城の目付に押さえ込まれちまうぜ」

「分かってらい。だから悔しいんじゃねえか」

「ともかくふん縛《じば》りゃあいいんだろ。身柄は目付が引き取っても、旗本が町家で押さえられ、小伝馬町の牢に一日でも留め置かれたって事実さえつくりゃあ、当人の切腹は免れねえ」

「おめえ、いってえ何を考えてやがる」

「源造さん。そいつをよ、あんたの手柄にしねえ」

「そ、そりゃあ……だから、どうすりゃいいんでえ」

話しながら、冷酒と晩めしがすこしずつ進んでいる。

「市ケ谷でよ、おサキと仲のよかった女を一人、找《さが》しておきねえ。それも、向こう意気の強い女《の》がいいな」

「おめえ」

「しっ」

足音だ。故意に立てているのが杢之助には分かった。志乃だ。

腰高障子が開いた。

「もうそろそろ灯りが必要かと思って」

火の灯《とも》った手燭を握っている。

「おっ、そんな時分になってたか。気がつかなかったぜ」

いつの間に陽が落ちたのか、外は夕暮れ、内は暗くなっていた。

「済まねえなあ」

源造は言い、自分の部屋のように腰を伸ばし、隅の油皿を引き寄せようとした。

「おっと、待ちねえ。火はこっちにもらいまさあ」

杢之助は源造をとめ、板張りの枕屏風にかけてあった提灯を取った。

「おめえ」

「そうさ。これから手習い処に行きますので」

杢之助は志乃に向けた目をまた源造に戻し、

「尚一郎が町家で段平《だんびら》を振りまわしゃよ、ケガなくさっさと打ち落として引っ捕えられるのは、俺たちの知ってる範囲じゃ榊原さましかいねえ」

わざと志乃の前で言っている。清次の耳にも入れておくためである。

「まあまあ、また留守にしなさるので？　よございますよう、一ちゃんに留守番するよう言っておきますから」

志乃も心得たか、了解の意を示した。

松次郎と竹五郎も、そろそろ仕舞い湯から帰ってくるころである。

四

行灯《あんどん》の灯《あか》りが、部屋に三人の影を落としている。

太一がいつも通っている麦ヤ横丁の往還に入ったとき、

「——本当に榊原の旦那、助っ人《すけと》になってくれるのかい。相手はおなじ侍だぜ」

「——向こうが侍なら、なおさら助《す》けてくださらあ。そういうお人だよ、榊原さまは」

源造が不安げに言ったのへ、杢之助は返したものである。

「——ご自身が、侍だからサ」

さりげなくつけ加えたが、源造はその意味を解せなかったようだ。

「——ともかくだ、おめえから頼んでくれ」

結果だけを求めた。

広い手習い部屋の奥の、裏庭に面した小部屋である。

「そうですか。あの親にしてこの倅《せがれ》あり……の典型ですねえ」

李之助の話に榊原真吾は、憤《いきどお》りよりも沈痛さを帯びた表情になった。もちろん李之助が語ったのは、朽木尚一郎がおサキ殺害に至った経緯だけである。だが、尚一郎の四百石相続がきっかけになったことは、言わずとも真吾には分かる。だとすればおサキ斬殺は、朽木虎次郎の撒いた鮎騒動の線上に起こった事件ということになる。

（乗りかかった船）

真吾の表情にあらわれているのを、李之助は感じ取った。

「それが朽木家ってえ旗本の血筋でさあ。おサキもバカだが、許せますかい朽木の血筋を！　旦那っ」

李之助が話すのへしきりに相槌を打っていた源造が、いきなりだみ声を入れ、眉毛を大きく動かした。

「いいや」

「えっ」

真吾は応じ、源造は首をかしげた。

「血筋ではないでしょう。あの旗本家も、起こったときはそれ相応の家であったはずです。そこへいまになって二代にわたり、さような不逞《ふてい》の輩《やから》が出るのは、世の仕組に原因があるのです」

「旦那。旦那の話はどうも理屈っぽくていけねえ。その話、聞かなかったことにさしてもらいやすぜ」

榊原真吾のご政道批判はいまに始まったことではない。そのたびに源造は、八丁堀の手先であるためか〝聞かなかったことに〟と腰を引いたものである。だがいまは、その手を借りたい。

「旦那ア、あっしが言っているのは、許せるか許せねえか……だけでさあ」

「許せぬ」

遠慮気味に言った源造に真吾は明瞭に答え、

「その者が、武士なればなおさら」

「あっ」

源造は声を上げた。来る途中、杢之助の言った〝ご自身が侍だから〟の意味が、ようやく分かった。武士なればこそ、武士の理不尽が許せないのだ。

「旦那！　だからといって、そやつを葬ろうってんじゃありやせん。ともかく小伝馬町の牢へ！」

身を乗り出した源造へ、

「さすれば、その者は切腹を免れまい」

「それでさあ、旦那！　本当なら、この手で殺《や》っちまいたいんですがネ……」

行灯の淡い灯りのなかに、源造は自分の掌《てのひら》を見つめた。李之助は頷き、手習い処の奥の部屋はしばし策謀の場となった。

「源造さん。この策に、八丁堀の旦那は無用だぜ」

李之助は念を押し、

「儂もその日、市ケ谷につき合うぜ」

「あはは、好きなようにしろやい。鮎道中のときよ、夜の街道に突っ立ってただけのおめえだ。段取りさえできりゃ、物陰から見物でもしていねえ」

話しながら街道に出た。清次の居酒屋からも、とっくに火は消えている。

「おう。この提灯、借りるぜ」

「あゝ。持っていきねえ」

源造の持つ左門町木戸番小屋の提灯が、暗い空洞となった街道に揺れた。一緒に歩いた李之助の足元に、下駄の音がないのにやはり気がつかなかったようだ。

木戸番小屋では、

「おっ、杢さん。もう帰ってきたかい」

と、松次郎と竹五郎が清次のはからいのチロリをかたむけていた。その清次も一緒に湯呑みをかたむけている。二人から、昼間の話を聞いていたのだ。湯屋で、また一膳飯屋で、話せば話すほど中味は微に入り細に入ってくる。とくに松次郎の話はそうだ。泊まっていくには、木戸を閉めるにもまだ間のある時刻である。部屋には、

「で、榊原さまには如何《いか》ように？」

と、清次一人が残った。

「うむ」

杢之助は頷き、

「源造さんに期待するぜ。ここで一つ、おめえにも頼みてえことがある」

「へえ、何を？」

問う清次に、杢之助はあらためて言った。

「あくまでも、居酒屋の亭主でいてくれ。おめえがそうしてくれているから、儂はこの左門町で……」

清次は無言で頷いていた。

左門町の暗い通りに、拍子木の音とともに火の用心の杢之助の声が聞こえる。

（源造さん、手柄を立てなせえ。頼りにしておりやすぜ）

胸中に呟《つぶや》いた。

五

翌日、さっそく早朝から源造は動いていた。

陽が昇り、いくぶんの間をおいてから四ツ谷御簞笥町をあとに、濠沿いの往還を市ケ谷に向かった。四ツ谷御門前の町家を過ぎれば、市ケ谷御門の手前まで、片側は白壁の武家屋敷がつづいている。人通りは少ない。

「へん」

鼻声を出した。

（屋敷にゃ踏み込めねえが、おびき出しゃあこっちのもんだ。やってやるぜ）

いま通っている白壁を、牛込の朽木屋敷に見立てている。

濠の流れに目を向けた。

（おサキよ。おめえ、よく俺の庭先に上がってくれたぜ）

片手で合掌のかたちをとった。

白壁が絶え往還が町家に変わると、急に人の息吹きを感じはじめる。市ケ谷八幡町だ。とまっていた眉毛が動きはじめた。簀張りは店開きしているものの、往来人への呼び込みの声はない。まだ朝のうちなのだ。客層も、朝の早いご隠居が、出されたばかりの縁台に腰掛け、茶をすすっているのが散見できる程度だ。

源造はそれらの茶店には目もくれない。行く先は、おサキが出ていた茶店である。きのうは一日商いを休んでいた。源造が陣取り、八丁堀が奉行所の小者を連れて出入りしているのでは、開いていても客は寄りつかなかっただろう。

（さて、きょうはどうか）

源造はさらに大きく眉毛を動かした。ころび茶屋だからといって、他の茶店と違った簀《よしず》や暖簾《のれん》を出しているわけではない。見た目には、茶と簡単な団子や煎餅《せんべい》などを出すだけの腰掛《こしかけ》茶屋となんら変わりはない。客の口伝えに、どこがそうだと広がるのである。

もちろん、吉原以外での岡場所はご法度である。源造もころびの噂には絶えず聞き耳を立てている。なかにはそれを種《ねた》に店へ強請《ゆすり》をかける岡っ引もいるが、源造はそれほど悪《わる》ではない。揉め事が起きないか、あくどい商売はしていないか注意しているのだ。店のほうでもそのような源造に好感を持っており、どのころび茶屋でも源造が顔

を出せば、

「――これは親分」

と、縁台で茶を出し、袖《そで》にそっと一朱か二朱のおひねりを入れる。

その茶店の簀は閉まったままだった。

隣はすでに縁台を出している。おなじころび茶屋だ。

「おう。きのうは騒がせて済まなかったなあ」

源造は声を入れた。

「あ、源造親分」

女よりも老爺《おやじ》がまっさきに出てきた。

「まま、腰をお掛けなすって。さ、早くお茶を」

女に命じた。女も心得ており、お茶と一緒におひねりも用意することだろう。

「お隣さん、きょうは皆でお寺に詰め、店は午《ひる》から開くとか。親分のおかげで検死も早くに済んだと、ありがたがっておりやしたぜ」

老爺は言う。それだけの働きはきのう、源造はしていた。訊けば、おサキの雇い主はきのうのうちに在所へ飛脚を立て、きょう午前に焼き場へ運んで骨を寺に預け、家族の来るのを待つらしい。

八丁堀も、死体が江戸の女でなく、斬り殺したのも武士とみて、きのう午後には引き揚げた。おサキの刀疵を検分しただけで、土手一帯の現場検証もしなかった。すれば犯人を捜さねばならず、かえって面倒なことになる。

「――源造、了見せい」

八丁堀は源造をなだめたものである。榊原真吾がいつも言う〝世の仕組〟がそこにある。だが、それを岡っ引が考えるなど、あまりにも大それている。

「――へえ」

源造はしおらしく返す以外なかった。それをいま、覆《くつがえ》そうとしているのである。

「ほう、そうかい」

源造は老爺に返し、

「町者同士としてよ、せめて敵討ちの真似事でもしたいやね」

と、松次郎と竹五郎から聞いた話をまじえ、おサキと仲のよかった女はいないか訊ねた。

「あら親分、そこまでご存知でござんしたか」

お茶を出した女がまた奥から出てきた。

「そうよ。町の者を煩《わずら》わしちゃいけねえと思い、それできのう八丁堀の旦那には黙っていたのさ。だから旦那方はきのうのうちに引き揚げなすったって寸法よ」

源造もなかなか口がうまい。〝町者同士、せめて敵討ち〟との言葉も茶汲み女の心を揺さぶった。おサキと仲のよかった女はすぐに分かった。

「あたしからも話してあげますよ」

女は源造を案内した。この茶汲み女も、きのうは源造の聞き込みに口を閉ざしていたのだ。

「おコウちゃんといいましてね、おサキちゃんとおなじ上州女《じょうしゅうおんな》さ。在所も近くとか言ってましたよ」

おコウは数軒離れた茶店におり、案内に立った女は途中に言った。おサキが上州の出だとは源造も知らなかった。

「ほう」

源造は頷いた。カカア天下とカラッ風にどんな相関関係があるのか知らないが、気が強いから、向こう見ずにも尚一郎へ約束を守れと迫ったのかもしれない。

（気の強いのが仇となりやがったかい）

胸中に呟いた。

おコウは店に出ていた。源造一人ならまだ口を閉ざしていたかもしれないが、

「親分もあたしらとおなじ町者だからさあ」

と、お仲間の口利きもあれば、警戒を解いたばかりか、

「親分！　あたしゃ、悔しいですよう」

拳《こぶし》を握り、紅い鼻緒《はなお》の草履《ぞうり》で地面を踏み鳴らした。相手が武家ということで、

――泣き寝入り
が、きのうのうちに茶店の女たちに広まっていたのだ。その悔しさが、源造には大事なのだ。だが、おコウは源造の話に、

「そ、そんな恐ろしいこと。あたしゃ……殺されたらどうします」

震えだした。

源造は裏手の土手におコウを連れていき、二人で話した。おコウを連れ、現場検証をしようかとも思った。再度女たちに問いを入れ、尚一郎らしい若侍とおサキが立っていたという土手を特定し、付近を調べれば血痕が見つかるかもしれない。だが、よした。血を見れば、ますますおコウは怖気《おじけ》づくと思えたのだ。

そのおコウがようやく首を縦に振ったのは、麦ヤ横丁の手習い処が終わり一刻（およそ二時間）ほども経てからである。榊原真吾にお出ましを願ったのだ。

その間に源造は二人の影を見たという場所を手掛かりに、現場を找《さが》しだしていた。

土手を市ケ谷御門から北東方向の牛込御門のほうへ進み、まだ町家がつづいていても八幡町のような門前町ではなく、日の入りとともに閑散とする一帯である。まして土手で濠端のほうへ降りれば、まったくの無人で暗がりの空洞となる。血痕はあった。もちろんいまは昼間であり、近くの町家にも聞き込みを入れた。悲鳴を聞いた者はいない。放蕩者でもさすがは武士で刀の振り方は心得ていたか、いきなり一刀のもとに斬り捨てたものと思われる。

（おコウめ、旦那の腕を知りゃあ納得するはず）

と、源造は麦ヤ横丁へ遣《つか》いを立て、榊原真吾に市ケ谷へ事前の顔見世を願ったのだ。おコウを安心させるためである。昨夜手習い処で策を話したとき、

「――真に迫っていなければならない」

杢之助は言った。そのために、死んだおサキと仲のよかった女が必要だったのだ。その者が演じれば、演技ではなく真実となる。その役目が、おコウなのだ。

「そりゃあ、このお侍さんなら、とは思うけど……」

真吾を見ておコウは言ったものの、やはり懸念は拭い去れない。白刃の前に身をさらすのだ。心配というよりも、恐怖である。

「無理もない」

真吾は言い、店で縁台に腰を下ろし、安心させられる機会を待った。おコウの店の老爺も、

「よろしゅうお頼みします」

と、源造の手前だからではなく、心底協力的だった。

「旦那。あっしがその辺にぶらっと出て、誰かに喧嘩でもふっかけてきやしょうか」

「よせよせ。故意にやったのでは相手がかわいそうだ」

源造が言ったのへ、真吾は塗笠をかぶったまま返した。すでに夕刻近くであり、周辺には茶汲み女たちの黄色い声がながれ、往来人も街道とは違ってお店者風やご新造風たちがそれぞれに着飾っている。さすがは門前町である。

機会は、おコウが自分でつくった。それだけ確証が欲しかったのだ。

二人連れの武士が、真吾と源造の座っている隣の縁台に掛けたのだった。笠をかぶっておらず、見れば二人とも品のある顔ではない。

(これなら)

おコウは思ったのだろう。盆にお茶を載せて出てくると、一人の刀に足を引っかけた。それもかなり強く、しかも、

「キャッ」

声を上げ、茶が片方の侍の袴《はかま》にかかるように湯呑みをひっくり返した。モロにかかった。怒らぬはずはない。

「ぶ、無礼者！」

「女！　わざとやったなっ」

二人は同時に立ち上がり、威嚇のつもりか刀の柄《つか》に手をかけた。

「お許しを！」

おコウは真吾の背後へ逃げた。この行為には源造も驚いた。

「に、逃げるとは、許さん！」

「女といえど、容赦はせぬぞ！」

おコウが盾《たて》にしたのは、二人とおなじ武士である。面子もあれば怒りを助長するばかりだ。もはや盾にされた真吾以外、この場を収めることはできない。二人は前へ一歩踏み出た。

「お許しくだされ！　お許しくだされっ」

驚愕した老爺が飛び出てきて、その場に土下座の態《てい》をとった。

「きゃーっ」

「どうした、どうした」

近くの店の茶汲み女が悲鳴を上げ往来人が集り、たちまち人だかりができた。

「おっ、源造さんもいるぜ」

「こいつぁ見物《みもの》だ」

声が出る。

「旦那ア！」

おコウは真吾の肩へしがみつくように手をかけ、

「早く。老爺にいつまで土下座させておくつもりですかい」

源造も低声で催促する。

「貴公、この女を庇《かば》い立てするか！　ためにならんぞっ」

「さあ、女を出せ！」

武士二人はすでに鯉口《こいぐち》を切り、刀を抜きにかかっている。真吾は座ったまま、笠で顔も見せず、

「それがしは何もしておらんぞ」

間合いを測り、

「うるさい御仁たちだ」

「なにっ」

「許さんっ」

言葉の弾みである。柄《つか》にかけた右手が動いた刹那《せつな》、野次馬の多くは、

「おおぉぉー」

塗笠の侍の腰が縁台を離れ、刀の鞘走《さやばし》ったのを目にした。

同時に、

「うはっ」

片方の武士が刀を半分抜いたまま、鞘を握った左手で袴《はかま》を押さえた。腰の帯紐《おびひも》を斬られていたのだ。それだけではない。

「むむむっ」

もう片方は右手首に白刃をあてられていた。身動きができない。野次馬たちは悲鳴よりも固唾《かたず》を呑んでいる。

「おぬしら、このまま茶店の奥へ入られよ」

真吾の低い声に、

「うううっ」

「うーむむ」

二人は縁台と縁台のあいだをあとずさりするように簀の奥へ摺り足をつくり、

「くそーっ」

おもてに集った目から逃れるなり、土手に抜けてそのまま姿をくらました。力の差が歴然だったのだ。あとは源造の出番だ。

「さあ、終わったぜ。散りな、散りな」

野次馬たちはなにやら物足りなそうに散った。

「こら、おコウといったなあ」

「は、はい」

おコウは肩をすぼめ目を瞠《みは》ったまま、まだ棒立ちになっている。

「いたずらが過ぎるぞ。源造さん、帰りましょう」

「へい」

源造は応じ、

「これで分かったろう。まったくおめえって女は、驚かしやがって」

おコウはしきりに頷いている。そこに源造は思い立った。

「旦那、せっかく来たんでさあ。きょう、このまま……」

「ふむ」

真吾は帰ろうとしていた足をとめ、ふたたび縁台に戻った。

「お、お侍さま！」

おコウは崇敬の目を真吾に向けていた。

六

「えっ、もう出かけた？」

李之助は首をかしげた。

茶店の老爺が走らせた若い者と一緒に李之助が市ケ谷に駈けつけたとき、すでに陽は落ちていた。篝張りや常店の灯りが、散策の人影を往還に浮かび上がらせている。

「左門町のお人、源造親分からの言付けでございまして」

茶店の老爺は言う。そこにおサキの雇い主であった老爺も来ていた。

「頼もしいお侍さんがご一緒でして」

「源造親分に、あんな凄腕《すごうで》の助っ人がいなさったとは」

交互に言う。おサキを雇っていた老爺も、騒ぎに駈けつけ真吾の剣技に目を瞠った一人なのだ。

李之助は頷きながら篝張りの中へ視線を投げたが、話に出てくるおコウという茶汲み女の姿がない。

「さようですかい。それで源造さんが儂にここで待て……と」

杢之助は得心した。手習い処で話し合った策では、三日ほどを経て朽木尚一郎の逼塞が限界に達したころ、

「――揺さぶりをかけやしょう」

だったのだ。だが、昼間の事情では、おコウはすっかりその気になり、源造も榊原真吾もまさに波に乗っている。

（仕掛けには、そうした間合いも大事だ）

杢之助は解したのだ。

茶店の老爺二人も茶汲み女たちも、

「おじさん、源造親分とはどんな……」

などと杢之助に訊いたりしない。簀張りの老爺も女たちも、おのれの生い立ちを他人《ひ》に訊《と》かれたくなければ、自分たちも他所《よそ》さまに訊いたりはしない。それが杢之助にはありがたかった。さらにありがたいのは、牛込の朽木屋敷に同道しなくて済んだことだ。暗闇の武家地に入り、真吾や源造が道筋に立ちどまると、

『こっちですぜ』

つい言いかねない。

『えっ？　おめえ、来たことあるのかい』

と、源造に疑念を起こさせるきっかけになるやもしれない。

「休ませてもらいますよ」

杢之助は奥のほうに腰を据えた。


「こっちですぜ、旦那」

切り絵図を見れば、夜の初めての土地でも迷わず行けるのは、杢之助や清次だけの特技ではない。岡っ引の源造もそれを心得ている。切り絵図は、茶店なら道を訊かれたときの用意にどこでも一、二枚は置いている。

源造は行くべき方向に、茶店で借りた無地のぶら提灯をかざしている。おコウの手にもおなじ灯りがある。あの雨の夜、杢之助と清次が踏んだ往還である。前方の角を曲がれば、朽木屋敷の勝手口につながる路地である。

「旦那、親分。ひと思いにここでおサキちゃんの敵《かたき》をっ」

おコウが若い女とは思えない、掠れた声を提灯の灯りに這《は》わせた。

「はは、おコウよ。岡っ引の俺に人を暗殺させようってのかい」

「手順を踏んでこそ、おサキとやらも浮かばれるのだ」

源造の言葉に真吾はつないだ。敵討ちは、何事もみずから処すことを建前とした、武士にのみ認められた特権なのだ。町人が仇なす相手を殺せば、情状は酌量されようが単なる恨みの人殺しとなる。

「そ、そりゃあそうですけど」

おコウは口ごもった。前掛こそ外しているが、紅い鼻緒の草履に紅いたすきを掛けた、茶店に出ているときそのままの姿で来ている。

「――そうしろ」

源造が指示したのだ。四ツ谷御門に上がったおサキの斬殺体がその姿だったのだ。

尚一郎の目に、それは貼りついているはずである。

曲がった。前方に黒く窪《くぼ》んでいる一点が、朽木屋敷の勝手口である。

「おコウ。うまくやれよ」

「は、はい」

源造は提灯の火を消し、おコウは硬い声を返した。

おコウの提灯の灯りが勝手口の板戸に近づいた。そのすぐ近くの白壁に、真吾と源造は張りついた。もし尚一郎が狂い立ったなら、

「――逃げろ。あとはそれがしが」

真吾の言葉である。おコウにとっては命がけとなる。茶店で真吾の腕を試す挙に出たのは、殺されたおサキの顔を念頭に、思いつめた末のことだったのだ。

叩いた。闇に木の音が響く。

二度、三度。中間であろう、

「どちらさまで？」

内側からの声におコウは、

「あ、あ、あ」

かたわらで真吾が刀を叩き、おコウを勇気づけた。

「あ、あのう。市ケ谷八幡町から参りました、お、おサキちゃんの、知り合いの者でございます。こちらの旦那さまへ、お、お取次ぎ願わしゅう」

「なに、八幡町？　暫時《ざんじ》、待たれい」

慌てたような足音が、塀の向こうに遠ざかった。杢之助と清次のときと、まったくおなじ場面である。だが当然、声は岩助ではない。勝手口に配置された、後釜であろうか。

足音がすぐ戻ってきたのも、あの雨の夜とおなじである。

「おい、女」

「あい。尚一郎旦那でございましょうか」

そのわずかな時間に、おコウは落ち着き、腹を据えていた。

声が返ってきた。

「市ケ谷八幡町？　知らん、知らんぞ、そんなところ。おサキなどという女もっ」

上ずった口調だ。

「あら旦那、ご冗談を。あたし、見たんですよ。見事な一太刀でござんしたねえ」

「な、なに！」

「ともかく戸を開けてくださいましな。自身番や奉行所のお方に話すような、野暮なことはしておりませんから」

源造が指示したとおりの言葉を、おコウは板戸の向こうへながし込んでいる。

「女……。一人、おまえ、一人だな」

「もちろんですとも。こんないい話、他人に分けられるもんですか」

「さようか」

かすかに小桟《こざる》の音が聞こえ、板戸が動いた。半開きである。若い武士の顔がのぞいた。提灯の灯りのなかに、おコウが立っている。一瞬、息を飲んだ。紅いたすきが、おサキとおなじである。

「まっこと、一人だな」

「あい。まずは、見たということをお知らせに」

「なんだと？」

若い武士は首だけを板戸から出し、周囲を窺う。塀に張りついた真吾と源造は見えない。

「うむ」

頷き、

「何用だ、見知らぬ女が」

「旦那が見知らなくても、あたしは見知っておりますよう。暗《くろ》うござんしたがネ、見間違いませんよ。だからこうしてここに」

「ううっ、女。用件はなんだ！」

「ふふふ。ここで話しておサキちゃんの二の舞じゃ合いませんからねえ、旦那。八幡町に来てくださいナ。そのとき用件を話しますよ。あたしの店は、ここからなら橋の手前で……今宵」

「今宵？　か、金かっ」

「ふふふ。そのとき話しますよ」

おコウはぶら提灯をかざしたまま一歩あとずさった。

「ま、待て。名は、名はなんという」

「茶屋の女に名などござんせんよ。変わりにこの顔、覚えておいてくださいましな」

おコウは提灯の灯りを自分の顔に近づけ、また一歩下がった。

「ま、待て」

「待ってますよう、茶屋で」

きびすを返し、来た方向へおコウは歩を踏みはじめた。このとき、さすがにおコウは全身に緊張を走らせ、恐怖で足の動きがこわばっているのを、真吾も源造も感じとった。真吾は塀に背を寄せたまま腰を落とし、刀の柄に手をかけ瞬時に踏み込める体勢をとっている。

外へ一歩でも踏み出すのが恐ろしいのか、

「ううううっ」

尚一郎は内側に足を置いたまま上体を板戸の外へ乗り出し、目でおコウの背を追っている。真吾の、すぐ目の前だ。刀を一閃させれば、その首は即座に落とせよう。だが、それでは世間に朽木尚一郎の悪行を知らせることはできず、おサキ斬殺の一件も犯人知れずのまま終わってしまう。

「今宵、ですよう、朽木家の旦那さま」

おコウは立ちどまり、確かめるように振り返った。勝手口のあたりは、もう提灯の灯りの範囲外になっている。真吾も源造も闇に溶けている。おコウは一目散に走りだした。草履の音が、ことさらに大きく響く。

（おコウめ、怯《おび》えてやがる）

塀に張りついたまま、源造は胸中に呟いた。

「ううううっ」

まだ尚一郎の首がそこにある。飛び出す気配はない。おコウが自分の顔をさらし、店の場所も言ったのが奏功《そうこう》しているようだ。いま追わずとも、あとでゆっくり訪ねられる。あたりを憚《はばか》るように、板戸が閉まった。

「ふむ」

「へい」

真吾と源造は頷きを交わし、その場を離れた。

角を曲がった。

「旦那ア、恐かったですよう」

おコウが提灯を手に、待っていた。

「おめえの芝居、なかなかだったぜ」

「芝居なんかじゃありませんよ。あたしゃ、もう本気で」

源造が言ったのへおコウは返した。

「さあ、源造さん。つぎの段階へ」

「へい。じゃあ、おコウ。俺はここで見張ってるから。おめえは旦那と先に行きな」

「親分。ホント、お世話になります」

おコウは提灯を手に、源造へ深ぶかと頭を下げた。おコウは真吾と先に八幡町の茶店へ帰ってつぎの段階に備え、源造は提灯の火を消したまま屋敷を見張る。岡っ引には慣れた仕事である。

(尚一郎は今宵、きっと出てくる)

真吾も源造も、それにおコウも確信している。そうしなければならない恐怖を、おコウは尚一郎に与えたのだ。

暗闇の空洞のなかを、真吾とおコウは歩いている。提灯一つの灯りで、真吾という侍と一緒に歩いていることが、さきほどの緊張の裏返しか、なにやらほのかに気恥ずかしく感じられた。さらに、

「さっきのそなたの真剣さ、おサキさんもきっとどこかで見守っていたはずだ」

真吾の言ったのが、おコウにはことさら嬉しかった。

七

「ほぉう、杢之助どの。来ておいでだったか」

「榊原さま、首尾は」

戻ってきた真吾に、杢之助は縁台から腰を上げた。店の老爺は、おコウが真吾と一緒に帰ってきたのへ首尾を悟り、

「ホッ、うまくいったか」

安堵の溜息をついた。おサキの雇い主であった老爺も、まだその店にいた。凝《じ》っと待っていたのだ。

「向こうを源造さんが見張っている」

真吾は言い、縁台に腰を落とした。簀張りや常店の灯りはまだ点《つ》いているが、そぞろ歩きの客が徐々に少なくなる時分だ。

つぎの段階とは、ふたたび待つことである。

「いまごろ朽木尚一郎とやら、針の莚《むしろ》だろうなあ」

「自業自得です」

おコウの出した茶を飲みながら真吾が言ったのへ、杢之助は返した。

「当然です」

かたわらでおコウも応じ、視線を往還に投げた。老爺やほかの女たちも、そぞろに動く影のなかに目を凝《こ》らしている。近くの灯りに浮かぶ影が、目に見えて少なくなってきた。その店の縁台に座っている客も、杢之助と真吾のみとなった。

「あ、源造さん」

茶汲み女の一人が声を上げた。前方の往還に、源造の姿が滲《にじ》み出たのだ。速足だ。

「もうすぐ来やすぜ、すぐうしろ」

源造はどこで火を入れたかぶら提灯を手にささやくと、縁台と縁台のあいだを抜け奥に入った。

「よし」

真吾は頷き、源造につづいた。途中で源造は朽木尚一郎をなにくわぬようすで追い越し、先を急いだのだ。火を入れたのは、あの日の杢之助や清次とおなじ、牛込の蕎麦屋だったかもしれない。

「お、おじさん。ほんとに、大丈夫よね」

おコウが緊張の声を、縁台に残った杢之助に向けた。杢之助も策の一環のなかに入っている。だが、見かけはしょぼくれた好々爺だ。茶店の者へ杢之助は故意にそう見せている。おコウが不安そうに言うのも無理はない。

「まだ道には人が出ていまさあ。危なくなりゃあ、儂が大声を上げまさあね」

「そ、そお？」

不安は解消しない。だが、最後の舞台はすでに開いている。

来た。人のまばらとなった暗い往還に、提灯を手に夜というのに深編笠で面体を隠し、袴をつけた二本差しがゆっくりとおコウの茶店に近づいてくる。その茶店にいる誰の目にも、それが朽木尚一郎と分かる。ゆっくりと歩をとっているが、およそそぞろ歩きの雰囲気ではない。さすがに一人のようだ。その後、岩助のような掌中《しょうちゅう》の悪玉は得ておらず、秘かに屋敷を出てきたのだろう。

「俺たちも見ててやるから」

茶店の老爺がかけた声も強張《こわば》っている。

「あい」

おコウは返事をのこし、往還に出た。

深編笠の武士は気づいたようだ。ビクリと歩をとめた。明らかに朽木尚一郎だ。おコウはゆっくりとそのほうへ歩を進めた。すぐうしろに、杢之助が酔っているようにふらふらとつづいた。

「おぉ、ねえちゃん。これからお出かけかい」

二人連れの酔客が声をかけてきた。無視。

「ちぇっ」

酔客は離れた。

おコウは歩を進め、立ちどまったままの尚一郎の前に立った。

「ここじゃ人目につきます。ゆっくり話せるところで」

「うむ」

尚一郎は頷き、おコウとならんだ。来た道を返すかたちになった。至近距離の背後に、杢之助がなおもふらふらと、だが、腰を落としている。尚一郎に刀を抜く気配が見えたなら、踏み込んで一撃に……。

「女、どこへ行くっ」

「もうすこし」

尚一郎は緊張のせいか、上ずった声だった。おコウは背後を気にしながら返す。茶店のならびがまばらになり、暗い空洞が増えはじめた。

「旦那、このあたり」

逃げるようにおコウは土手の草叢《くさむら》に走った。

「うっ」

尚一郎は瞬時、棒立ちになった。おサキを葬ったすぐ近くである。李之助は千鳥足で尚一郎のそばをすり抜けた。その体躯《たいく》から、異様な緊張を感じた。追い越し、ホッと溜息をついた。李之助の役目は、ここまでなのだ。足技を披露せずに済んだ。おコウの走り込んだ草叢には、真吾と源造が潜んでいるはずだ。

おコウは合図の音でそれを確認し、さらに一歩踏み込んだ。草は大人の脛《すね》よりも高く伸び、昼間でもしゃがめば往還からは見えなくなる。踏み込んだ両脇に、真吾と源造が身を伏せている。

「旦那、ここなら人目も耳もありませんよう」

「かようなところに！」

尚一郎はあとを追い、斜面に足を入れた。

往還では、

（尚一郎のあの緊張、かえって早く決着が……）

李之助は直感し、物陰に身を隠して土手の気配に神経を集中した。

「な、何故《なにゆえ》ここに！」

至近距離に向かい合うなり、尚一郎はさらに上ずった声を吐いた。

「だから言ったじゃありませんか。ここですよう、見たのは」

「くくっ。何が望みだ。金か」

「うふふ。あたしの一言で、あなたさまは切腹に。高《たこ》うございますよ。生かすも殺すもあたしの手に。うふふ」

挑発である。源造からそう言われている。

が、それには及ばなかった。李之助が直感したように、尚一郎はすでに意を決め、一人で出てきたようだ。声が急に落ち着いた。

「女、金ならくれてやるぞ。おサキとおなじものをな」

尚一郎は提灯の火を吹き消した。

一面、闇となった。さすがにおコウは恐怖を背筋に走らせ、一歩あとずさった。

「あぁぁ」

斜面である。よろけたのが尚一郎を誘い込んだようだ。

「バカ女め！」

提灯を捨て刀の柄に手をかけた。が、足場が悪い。抜き放つのに一呼吸ほど手間取った。この場を選んだ真吾の思惑は当たった。

「キャーッ」

おコウは尚一郎が仰天するほどの悲鳴を上げ、草叢を飛び出た。

「待てっ、女！」

――キーン

火花とともに金属音が闇に走った。

「あわっ」

尚一郎は抜いたばかりの刀を叩き落とされていた。誰にか、分からない。おコウの背が往還のほうへ見えなくなった。

「待てーっ」

尚一郎は刀を捨てたまま足をもつらせあとを追った。

おコウは往還に走り出た。

「さ、おコウさん！　大声で」

「あ、おじさん！　あいっ」

杢之助だ。おコウは走りながら返し、

「ギャーッ！　ヒト、人殺しーっ」

明かりの多いほうへ走った。

草叢では、

「待てーっ」

尚一郎は手ぶらのまま追い、それでも脇差に手をかけ草叢を飛び出た。

あとを源造が追う。

「うわわっ」

尚一郎ではない。脇差を抜き往還に走り出てきた尚一郎の足元に、身をかがめた杢之助が頓狂な声とともに転がり込んだのだ。

「うわっ」

こんどは尚一郎だ。身を地面へ叩きつけるように倒れ込み、脇差を手から離した。

そのまま、

「お、おんなーっ、どこへ！」

起き上がろうとしたところへ、

「野郎！　見たぞ、殺しの現場っ」

背後へ走り込んできた源造が組みつき、

「うぐっ」

からみ合ったまま地面を二転三転し、とまったとき、

「取ったぞーっ」

尚一郎の右腕をねじ上げ、地面に組み伏せていた。

簀張りや常店の提灯に照らされた八幡町の往還では、

「人殺しーっ」

裾を乱して叫ぶおコウに、

「なんだ、なんだ！　どうしたっ」

「人殺し!?　どこっ」

「あっ、あっちだ！　あそこっ」

往来人はむろん茶店の老爺や茶汲み女たち、常店からも人が走り出てきた。

「ううっ」

尚一郎は顔面を地面にすりつけ、なおももがいている。その鼻先に、

「観念せい、不逞《ふてい》の者！」

抜き身の切っ先が当てられた。真吾である。ようやく尚一郎は、さきほど草叢で大刀を抜くなり腕へ衝撃が走った原因を悟ったか、

「むむっ」

全身の力を抜いた。

「侍だぞ」

「この前の殺しも、あいつか」

「そうかもしれんぞ。自身番だ、自身番」

周囲には人垣ができていた。

そこに、杢之助の姿はもうなかった。

八

翌朝、また早めに松次郎と竹五郎は勇んで出かけた。杢之助から、

「なにかあったらしい」

夜明けの井戸端で聞かされたのだ。

昨夜、杢之助が帰ったとき、木戸は閉められていた。番小屋には清次がいた。

「――あとは源造さんの采配だ。八幡町からの噂を待とう」

「――へえ」

清次は頷いていた。

李之助は待った。

午《ひる》をすぎ、まだ陽のさほどかたむいていない時分に、松次郎と竹五郎は左門町に汗をかきながら戻ってきた。話を仕込んできたのだ。武士が一人、殺しの現行犯で町家に押さえられたらしいことは、午間《ひるま》のうちに左門町にも伝わってきている。急ぐように木戸番小屋へ入る二人の背を見たか、これから夕の仕込みに忙しいというのに一膳飯屋のかみさんが、

「松つぁーん、竹さーん」

けたたましい下駄の音を響かせた。

李之助は一緒に聞いた。

「ほれ、鮎道中で揉めた朽木屋敷の当主だっていうから驚きじゃねえか」

「それになんと、源造さんにこっちの榊原さまが助っ人についていなさって」

松次郎と竹五郎が交互に話す。話は正確に伝わっているようだ。そこに源造と榊原真吾の活躍はあっても、李之助の存在は出てこない。

「ふむ」

李之助は頷き、

「それで、それで」

一膳飯屋のかみさんは三和土に立ち、ワクワクしたようすで先をうながした。

町役たちも現場に駈けつけて朽木尚一郎を自身番に引き、一晩留め置いて夜明け前に源造の要請で、八丁堀に人を走らせるよりも町役数名が立ち合い、現場から回収した刀を書役《かきやく》が当人の代わりに持つという形をとり、直接尚一郎を呉服橋御門内の北町奉行所に引いていった。それには源造よりも、町役たちのほうが積極的だった。旗本を自身番で預かり、面倒に巻き込まれるのを懼《おそ》れたのだ。真吾もつき添った。もちろん護衛の意味はある。だが真吾にとっては、

（旗本四百石・朽木尚一郎の、武士の一分《いちぶん》のため）

であった。武士が町家の者に引かれるなど、舌を咬みたいほどの屈辱である。そこに武士が一人でも加わっておれば、体面は保てる。夜明けごろ、奉行所の門をくぐるまで尚一郎は一言も口をきかなかった。それに合わせ、真吾は自分が浪人であることを告げずに済み、かえって安堵を覚えていた。自分の刀を叩き落し、奉行所までつき添った相手が浪人だとなれば、その場で気が触れていたかもしれない。

もちろん、それらのすべてを松次郎と竹五郎が聞き込んでいたわけではない。しかし、二人の話からその全容が杢之助には理解できた。

手習い子たちは、朝から左門町の町役で古着商・栄屋藤兵衛《さかえやとうべえ》が代講に立っていたものだから、〝師匠になにか〟と心配していたが、ながれてきた噂に大喜びだった。あすには長屋でより詳しく聞いた太一が、手習い部屋で松次郎の身振りに輪をかけたように榊原真吾の〝大立ち回り〟を披露するかもしれない。杢之助はそのようすを想像し、苦笑した。

思えば、一連の騒動は松次郎が初鮎の担ぎ手を引き受けたところから始まっているのだ。松次郎自身、そこに気づいていない。内藤新宿の蔦屋も鳴水屋も、朽木屋敷の奇しき因縁を感じても、噂に出てくるおサキやおコウという市ケ谷の茶汲み女を、初鮎の騒動と関連づけることはないだろう。

源造が左門町に来たのは、二日を経た午《ひる》過ぎだった。噂はまだ熱を帯びて飛び交っている。

「あらあ、源造さん。聞いていますよ。お手柄だったそうで」

木戸の近くを歩いていた町内のおかみさんが立ちどまり、

「まあな」

源造は悠然と歩を進めながら眉毛を上下させ、胸を張っていた。

「おっ、源造さん」

近くにいた町の隠居も、思わず声に出し立ちどまっていた。四ツ谷御門前の街並みはむろん、市ケ谷八幡町でも、

「男だよう、源造さん」

声が上がっているのを、松次郎や竹五郎は何度も聞いている。いまも木戸番小屋の中にまでそれが聞こえてくる。

(待っていたぜ、源造さん)

杢之助は荒物を押しのけ、源造の座をつくった。戻ってきたとき清次と話し合ったように、これまでひたすら聞き役にまわっていたのだ。

「おう、バンモク。あはははは」

腰高障子を開けるのに勢いがあれば、すり切れ畳にも勢いよく腰を落とし、源造はいきなり笑い声を上げた。

「約束どおり、現場におめえを呼んでやったがよ」

「あ、八幡町の若い者を遣《つか》いに立ててくれて、ありがたく思っているぜ」

障子戸を開け放したまま身をよじった源造へ、杢之助は返した。

「おめえ、ケガの功名だぜ。びっくらこいてひっくり返ったところへ、野郎がけつま

づいたのだからなあ」

暗闇だったが、杢之助の〝うわわっ〟の声は源造の耳に慥《しか》と入っていたようだ。

「あのときゃ、不意に飛び出てきたもんだから、つい、な」

「ま、それはそれでいいや」

源造はあらためて杢之助のほうへ身をよじり、

「聞きてえだろう、奉行所でのその後をよ」

太い眉毛を動かし、話しはじめた。これはまだ左門町にまで伝わってきていない。

源造は話したいのだ。

「で、どうなったい」

杢之助は頷き、一膝前にすり出た。

「きのうよ、野郎は牛込の屋敷に戻され、腹を切ったぜ」

「えっ」

「ははは。切らされたのよ」

「ほう。……で、調べは？」

「奉行所でのお取調べかよ。そんなの知るかい。呉服橋御門に引いていったその日のうちよ、八幡町の町役一同はもちろん、おコウもおサキの雇い主だった老爺もみな雁首そろえたってのによ、お城の評定所《ひょうじょうしょ》から人が来て野郎の身柄をさっさと攫《さら》っていきやがった。御膳奉行や朽木の親戚筋が早々に動いたのだろうよ。だがよ……」

一度とまった眉毛がまた動きはじめた。

「おコウを殺ろ《や》うとしたのは俺の目の前だ。その理由《わけ》は話したさ。おサキを殺ったのも朽木尚一郎だって噂は奉行所に充満させておいたぜ。いまごろ、奉行所から出た話としてよ、おサキの死体が上がった四ツ谷御門一帯から現場の市ケ谷にかけてよ、もうそろそろながれるころだろうよ。そうそう、牛込にもな」

「ほう。で、朽木の屋敷はどうなるのだい」

「それよ。きょう評定所から戻ってきた与力の旦那によればよ、四百石が百石に減らされ、次男坊の賢二郎とかが部屋住から格上げってことになるらしい。むろん御膳奉行など継げるわけはねえ。ともかく親戚一同そろって尚一郎に悪あがきさせずによ、早々に手を打ったものだから、家名だけは保てたってえことだ。もちろん牛込の屋敷は召し上げさ。おめえ知らねえだろうが、けっこうな屋敷だったぜ」

「ふむ」

杢之助は相槌を入れた。

左門町の通りにまたけたたましい下駄の音が響いた。

「また来やがったぜ、あの丸ぶくれのかみさんよ。ちょっくら榊原の旦那に挨拶を入れてくらあ」

源造は腰を上げた。

「ちょいと源造さん！　源造さんっ」

源造は腰高障子のすぐ外で、一膳飯屋のかみさんにつかまったようだ。おもてが静かになるまで、かなりの時間を要した。

杢之助はふらりと外へ出た。街道を大八車が土ぼこりを上げながら、荷馬を追い越していった。

清次が暖簾から出てきた。

「今度ばかりは、綱渡りの思いで見ておりやしたよ」

耳元へささやくように言った。

「杢之助さん、縁台でお茶を淹れますから」

おミネが盆を手に出てきた。太一もそろそろ手習い処から戻ってくる時分だ。源造がいま行っていることだろう。

杢之助は清次に呟いた。

「この町で、そっと暮らしてえんだよ。そのためにはよう、また火の粉が降りかかりそうになりゃあ、払うしかあるめえが」

牛込の方向に向かって、そっと手を合わせた。

「おじちゃーん」

麦ヤ横丁の角から、太一の声が飛んできた。

「あらあら、太一。駕籠に気をつけてーっ」

盆を持ったまま、おミネが声を投げた。

あとがき

昨今、犯罪の時効についての論議が盛んで、世論も国会も時効廃止にかたむいている。今年（平成二十二年）四月現在で、すでに殺人など最高刑が死刑の犯罪に対しては現行十五年の時効二十五年を時効廃止に、強盗傷害など最高刑無期懲役のものには現行十五年の時効を倍の三十年にする法案が参議院を通過しており、本編が書店にならぶころにはこれが実施されているかもしれない。筆者もそれを好ましい傾向だと思う一人であり、できれば最高刑無期懲役のものも時効を廃止してもらいたいと願っている。それらに関する新聞報道などを呼んでいるとき、フッと考えたことがある。もし杢之助が生きていた江戸時代、幕府の量刑基準を定めた御定書《おさだめがき》百箇条に時効なるものがあったなら、本シリーズに描く〝因果を背負った〟杢之助の境涯は成り立つだろうか……と。答えはすぐに出た。「成立する」である。なぜなら、人としてまともな感覚を持った者なら、法に時効があっても、自分の心の中にはそれで安堵できる時効などないからだ。それがまた、杢之助の人物像でもあるのだ。

時代物、現代物にかかわらず、物語を創作するには登場人物への感情移入が大事と言われている。実際にそのとおりだと思う。ならば、以前を隠して生きる杢之助の胸中は如何《いか》にと考えてみた。十七巻まで来て何をいまごろと読者の方々にお叱りを受けるかもしれないが、これにはきっかけがあった。最近、警察関係の方と話をする機会があり、「不審者を見つけるのは直感が大事で、職務質問をして受け答えが理屈に合っていても、それが本当かどうかは態度に出るものだ」と聞いたからだ。その警察関係者の方もこのシリーズを読んでくださっており、「杢之助が常に『奉行所にはどんな目利きがいるか知れたものではない』と口癖のように言い、八丁堀が左門町へ入るのを極度に怖れているのは、まさに逃亡者の心理だ」とお褒め（？）いただいた。嬉しい言葉であり、これが杢之助の心中を改めて考えるきっかけになったのだが、逃亡者の心境を完全に理解するとなれば、みずからもおなじ体験をしなければならない。これは出来ない相談で、これからも杢之助を描くのにいたらぬ点が多々出てくるかと思うが、その点はご諒恕《りょうじょ》願いたい。

第一部の「街道の鮎騒動」で、題名のとおり甲州街道の鮎道中が出てくるが、これは史実を素材にした。鮎は江戸時代から人気のあった魚で、なかでも玉川（多摩川）の鮎は形も味も極上のものとされ、毎年初物は将軍家に献上されていた。それを請負っていたのが内藤新宿の蔦屋という鮎問屋で、深夜に水揚げされた鮎を担ぎ人足が天秤棒で甲州街道をひた走り、明け方には江戸城内に運び込んでいた。この担ぎ人足には体力があって速足自慢の若者が選ばれて揃《そろ》いの半纏《はんてん》を与えられ、それがいなせで非常に名誉なこととされていた。その名誉の担ぎ手に、鋳掛《いかけ》屋の松次郎が選ばれたことから物語は始まる。そこには事件の臭いがあり、杢之助は左門町が騒動の舞台になるのを巧みに回避するが、その防御策がまた次の事件へとつながる。

第二部の「黒幕始末」では、恒例の鮎道中が騒動になったことに、柳営《りゅうえい》（幕府）の御膳奉行の陰謀があったことが判明し、そこに使嗾《しそう》された渡りの中間《ちゅうげん》三人が口封じのため成敗され、さらに利用された内藤新宿の商人まで命を狙われる。ここに杢之助と清次さらに榊原真吾が、中間三人の敵《かたき》を討つとともに、内藤新宿の商人を護るため奔走することになる。

第三部の「殺し屋志願」では〝元凶〟の旗本を成敗したものの、それがまた新たな事件に利用され、街道の鮎騒動が再吟味され隠密同心が左門町に入る危険性が出てくる。そこへ、杢之助を金で殺しを請負う闇稼業の者と勘違いした男が現れる。杢之助は松次郎や竹五郎の情報収集の協力を得て、清次と二人で〝世の為〟その者を抹殺する策を立て、深夜の牛込《うしごめ》の武家地に入る。

第四部の「源造の大手柄」は、源造の縄張である四ツ谷の外濠《そとぼり》に女の死体が上がったところから始まる。調べれば、それは鮎騒動からつづく事件に連動したものであることが判明し、源造が杢之助と組み榊原真吾も加わり、さらに茶汲み女の捨て身の協力も得て、市ケ谷の外濠に殺害犯人の不逞《ふてい》武士をおびき出して捕える。源造の奔走によって犯人の身柄は奉行所に送られ、武士は切腹し、初鮎が発端となった一連の事件は収束の兆《きざし》を見せる。

杢之助はこれら事件の収拾に殺しが伴っていることに躊躇し、一膳飯屋のかみさんの一言にもハッとするのだが、そこに最も強く悩んでいるのが杢之助自身である。文中には出てこないが、読者の方々には、いずれの事件もほとぼりの冷めたころ、杢之助は人知れず死者の墓参りに出かけているものと思っていただきたい。筆者もそのつもりで杢之助の日々を描いている。

平成二十二年　初夏

喜安幸夫

特選時代小説

KOSAIDOBUNKO

木戸《きど》の闇仕掛《やみじか》け

大江戸《おおえど》番太郎《ばんたろう》事件帳《じけんちょう》 十七

2010年9月1日　第1版第1刷

著者
喜安幸夫《きやすゆきお》

発行者
矢次　敏

発行所
廣済堂あかつき株式会社
出版事業部

〒104-0061 東京都中央区銀座3-7-6
電話◆03-6703-0964［編集］03-6703-0962［販売］Fax◆03-6703-0963［販売］
振替00180-0-164137　http://www.kosaidoakatsuki.jp

印刷所・製本所
株式会社廣済堂

ISBN978-4-331-61407-5 C0193

廣済堂文庫

特選時代小説

喜安幸夫
殺しの入れ札
大江戸番太郎事件帳㈡

己の過去を詮索する目を逃れて一時町から姿を消す杢之助だったが、再び町に戻り火付盗賊改方の役宅に巣食う鬼薊一家と死闘を繰り広げる。

喜安幸夫
木戸の裏始末
大江戸番太郎事件帳㈢

四谷一帯が火の海と化した！　左門町の周りで巻き起こる様々な事件を解決するため、凶悪非道の徒を追って、杢之助が疾駆する。

喜安幸夫
木戸の闇仕置
大江戸番太郎事件帳㈣

三十両という大金とともに消えた死体の謎！　人知れず静かに生きたいという思いとは裏腹に、杢之助の下には次々と事件が持ち込まれる。

喜安幸夫
木戸の影裁き
大江戸番太郎事件帳㈤

内藤新宿の太宗寺に男女の変死体が！　杢之助は事件の裏に蠢く得体の知れないものの正体を暴き、町の平穏を守ろうとする。

喜安幸夫
木戸の隠れ裁き
大江戸番太郎事件帳㈥

質の悪い酔客にからまれ、誤って殺人を犯してしまう町娘の苦難を救う、木戸番・杢之助の見事な裁きとは⁉

喜安幸夫
木戸の闇走り
大江戸番太郎事件帳㈦

左門町の隣町・忍原横丁に越して来た医者・竹林斎。人徳もあり腕もいいこの医者の弱みにつけ込み脅迫する代脈を、杢之助が始末する。

喜安幸夫
木戸の無情剣
大江戸番太郎事件帳㈧

左門町の向かいの麦ヤ横丁に看板を出す三味線師匠・マツを強請っている男の正体を突き止めた杢之助は、浪人の真吾とともに男を始末する。

廣済堂文庫
特選時代小説

御庭番秘聞
小松重男

砲術、算術、閨房術の全てに優れた御庭番・川村修就は、薩摩藩の放った女密偵を取り込んで極秘情報を入手し、密貿易の実態を暴く。

秘伝　陰の御庭番
小松重男

大奥女中を手籠めにして江戸を追われた鷹取俊太郎。実は将軍家治から「陰の御庭番」創設という重大な使命を課せられていたのだった。

維新の御庭番
小松重男

大政奉還、鳥羽伏見の戦い、そして江戸城明け渡しと、幕末最期の御庭番が目の当たりにした徳川家崩壊の喜悲劇と江戸庶民の哀歓を描く。

桜田御用屋敷
小松重男

御庭番の川島真五郎に、蝦夷地でオットセイの陰茎と睾丸を干したものを探し出せという命令が下った。死地で真五郎を待ち受ける危機！

修羅道中悪人狩り
坂岡　真

南町奉行所の元隠密廻り・伊坂八郎兵衛は大津を出て北国街道を旅しながら、次々に襲い来る難問と強敵に、豪壮無比の秘剣・豪撃で挑む。

孤剣　北国街道
修羅道中悪人狩り

坂岡　真

北陸の雄藩をほしいままにする上階級組頭の企みを知ることとなった伊坂八郎兵衛は、必殺の剛剣で悪人どもを斬り捨てる。

孤狼《ころう》　斬刃剣《ざんじんけん》
修羅道中悪人狩り

坂岡　真

用心棒稼業で糊口をしのぐ八郎兵衛は、流れ着いた越後で盗賊集団霞一味を追うことになった。八郎兵衛を待ち受ける〝七曲がりの罠〟とは⁉